文春文庫

精選女性随筆集　倉橋由美子

小池真理子選

文藝春秋

目次

第一部

倉橋由美子の小説作法

第二部　倉橋由美子の小説批評

第三部

倉橋由美子の性と死

精選女性随筆集　倉橋由美子

提供・新潮社

倉橋由美子

(1935-2005)

わが青春の倉橋由美子

小池真理子

倉橋由美子は、いわゆる安保世代（とりわけ'70年安保）にとって、有無を言わせぬ人気作家の一人だった。大江健三郎、吉本隆明、安部公房、高橋和巳らと並び、当時の学生の、煙草くさい乱雑な部屋の書棚には、必ずといっていいほど、倉橋由美子の作品が恭しく並べられていた。

当然ながら、彼らのほとんどが、新左翼の思想にかぶれていて、時代の空気の影響をまったく受けていなかった人はごく少数に限られた。

若い世代を中心に、思想、もしくはそれに類する文学的感性が求められた時代だった。誰もがわかったふうな顔をして、どこかで聞きかじってきたような思想を語りたがった。思想を学び、考え、語り、行動に移すことが、すなわちスタイリッシュである、という時代でもあった。倉橋由美子はそんな時代の真っ只中で、熱い想いと共に読まれ、愛され続けた作家だった。

だが、当の倉橋は一九六九年、明治大学新聞に、「安保時代の青春」と題して、文字通り、学生運動を真っ向から批判する文章を書いている（本書収録）。政治や思想活動にかかわる人間に対し、倉橋が辛辣な表現で罵倒した文章は、この他にも数多く散見される。

倉橋は学生運動にまったく共感していなかったどころか、憎悪し、軽蔑すらしていたらしい。にもかかわらず、当時、ヘルメットをかぶってデモの隊列を組み、シュプレヒコールをあげたり、アジ演説をしたりしていた幾多の学生運動の闘士、およびそのシンパたちにより、倉橋由美子は絶大な支持を受けていたのだ。

当人がそのことについてどう思っていたのか、今となっては確かめようもない。だが、私にはその、時代が生んだいとも不思議な皮肉が、終生、倉橋由美子という作家につきまとい、作家本人の意志に何らかかわりなく、倉橋文学の独自性をより一層際立たせていたような気がしないでもない。

身辺雑記ふうのエッセイを書くことを極端に苦手とし、私小説を蛇蝎のごとく嫌悪していた倉橋は、生涯にわたって、「なまの顔をさらす」ことを拒絶し続けた作家でもあった。それは徹底していた。

想いの限りを尽くして文体にこだわり、「なま」の通俗性に背を向けて、アンモラルどころか、「無道徳」を目指した倉橋の放つ異彩は、まぶしいほどである。

その洗練された作品世界は、倉橋由美子という作家のもつ、文学的潔癖さが生み出したものでもあった。

本書に収録した「小説の迷路と否定性」にもあるように、倉橋は「わたしの真の読者とは、わたしのなかのかれ、であり、小説を書くことはこのかれとの交信」なのだ、といったことを繰り返し書いている。このきわめて観念的な表現は、倉橋由美子にしか書けない、独特のものと言っていい。

一九六〇年代の終わりから七〇年代の初めにかけて、私はそんな倉橋の作り出す世界に溺れた。恥ずかしい告白をすれば、倉橋由美子をまねて、いくつもの雑文を書いた。友人とやりとりする手紙に、倉橋由美子を模倣して書いた文章を添えたりもした。

当時の女友達の一人に、倉橋作品を溺愛する人がいた。共に倉橋ファンとなれば、やることはおのずと決まっていて、私と彼女との手紙のやりとりは、倉橋のものまねに終始した。互いにどれだけ本物の倉橋由美子の文章に近づいたものが書けるか、という競い合いにもなった。

男性作家では三島由紀夫、女性作家では倉橋由美子……であった。何がなんでも、この二人は当時の私にとって、圧倒的な存在感のある作家だった。この二人のもつ観念性、批評眼、分析力、文学的感性に盲目的にイカれつつ、私の思春期は風のごとく過ぎていったのだ。

むろん、両者を勝手に結びつけているのは私だけであり、これはあくまでも個人的な好みの問題に過ぎない。倉橋は三島についても書いているが（本書収録・「英雄の死」）、手放しで三島や三島文学を称賛しているようにも思えない。生来のシニシズムあふれるまなざしが目立ち、三島由紀夫という一人の天才を冷たいメスで切りさばいてみせているだけ、といったような印象も受ける。

文学批評的に言っても、三島由紀夫と倉橋由美子に共通項はまったくと言っていいほどない。だから、二人を並べて騒いでいるのは私だけなのだが、そうは言っても、私があの時代、三島と倉橋から、多大な影響を受けたのは動かしようのない事実である。

倉橋由美子には、どこか女性性を否定したがるような一面もある。しかし、その一方で、終生、女性的な視点から思索をつきつめていった作家だったとも言えるだろう。彼女は、世俗が扱う型通りの女性性を烈しく嫌悪したが、私にとっては、きわめて女性的な感性が感じられる作家だった。その女性らしい観念性（こんな言葉を遣ったら倉橋さんに叱られそうだが）をこそ、私は深く愛したのだ、と今になって思う。

いまあるこの世界ではない、別の世界＝反世界を表現することに人生をかけ、メタフィジカルな思考をめざした倉橋由美子の潔癖さ、過剰なまでのシニシズムには、今、読み返してみると、ある種の痛々しさすら感じられる。今も昔も、女性作家に多く見られる天性のたおやかさ、健やかな曖昧さは倉橋由美子には皆無であった。

自らの思考の厳密さの中にとらわれ過ぎるあまり、苦しい時期も多かったことだろうと容易に想像できる。過度な明晰さは、当人を緊張の連鎖の中に押しこみ、苦しみを増幅させるものではないだろうか。

もともと身体が弱く、気分がすぐれないことも多かったようだ。中年期を迎え、さらに健康状態が悪化し、晩年は身体的な不調との闘いでもあったと聞いている。

もし、という仮定形で語るのも詮(せん)ないことだが、もし、倉橋由美子が雌牛のごとき頑健な肉体をもち、自由闊達(かったつ)に人生を謳歌しながら、世界をかきまわすような作品、無道徳きわまりないエッセイを今もなお書きちらしてくれていたら、どんなにか楽しかっただろうと思う。

いずれにしろ、信じがたいほど早すぎる死であった。センチメンタルな言い方を許していただきたいが、倉橋由美子の死をもって、私の青春もまた、永遠に終わったように思っている。

（追記）

なお、本随筆集の選定にあたり、存命作家の作品について、作品批判、作家批判をしているものは、基本的に除外することにした。また、『あたりまえのこと』は、全編が長文の小説ノートとして読まれるべきものと解釈したので、これもまた、除外の対象とした。* こういった一連のエッセイは、「倉橋由美子文芸評論集」として、別に編まれるべきであると判断したことをお断りしておく。

*但し、『あたりまえのこと』刊行時に自作について書かれたエッセイは収録しました。（編集部）

第一部　倉橋由美子の小説作法

性と文学

わたしはこのあたえられた機会にもっとも個人的なことについて語らせていただこうと思います。そして生きた他人をまえにしてこんなふうに書く機会はこれを最後としたいのです。わたし自身はそれが小説を書くということからぬきさしならず派生してくる仕事だとは思えません。わたしは、生きた他人の「意識を変革する」ことに、またそのためにことばを使うことに、真のよろこびを感じる人間ではないのです。

こんな人間はもっともたちのわるい「なまけもの」にちがいありません。わたしはF・カフカという穴から想像力の世界にはいりこんだ人間ですが、世間のまっとうな人たちにいわせればこのカフカなんか不愉快きわまる「なまけもの」で、人間というより虫なのです。コミュニストたちがこんなわるい存在は火刑に処すべきだと考えたのは当然のことです。そしてわるい夢を分泌して小説を書くことが生きることであったカフカ自身も、自分の文学が焚書にされて消滅することをなによりも望みながら死んでしまいました。

深夜めざめてわるい夢をみているときのわたしは、「作家」というより、紙のうえをはいまわっている一匹の毒虫です。それでは密室で妄想しているにすぎない、と非難する人もありますが、わたしにとって、小説を書くことはまさに密室での妄想そのものだと断言できます。そればかりか、少年が想像力をこすりながらおこなうオナニーとつながるものであるとさえいえます。少年の「幻の女」にあたるものは、「わたしのなかの他人」です。小説とはわたしからかれへの移行であるというカフカのことばは、かれ、つまりこのイマジネールな読者とのコミュニケイションを意味する、とわたしは解釈します。わたしが贋物の小説しか書けなくなったのは、ひとりよがりな妄想にふけっているからではありません。逆に、密室のなかに生きた他人を招待したり、他人の顔をのぞきに出かけたりして、他人との外面的なコミュニケイションに気を奪われはじめたからです。この不誠実はわたしのなかのかれにきびしく罰せられるべきです。

いつからか、わたしはほんとに存在しているのではないかもしれないという不安にとりつかれました。女でありながら女であることにも居心地のわるさを感じるのです。そしてわたしをとりかこむ他人たちがこわくなりました。なぜかれらは正しく、わたしは贋物めいているのか？　なんとかして本物の存在に近づこうとするのに、いつかほんとに存在するようになるだろうとは信じられないのです。この悪夢を方法化すること、つまり小説を書くことをわたしは祈りの形式とし自己救済の形式とするほかありませんでした。しかしそんなふうにして生きることは、絶対的な悪ではないでしょうか。

おとなたちは朝ベッドのなかでぐずぐずしている子どもを叱り、いつまでも現在のなかで遊んでいることを禁じ、未来のため世のなかのために現在を犠牲にすることを教えます。おとなたちの掟は自己保存の原理であり善そのものです。この掟がなんとなく実感できず、掟にむかって「なぜ?」を連発せずにはいられない人間の存在は悪として排除されます。社会にとってなんの役にもたたないばかりか、しばしば存在するものを腐食して無(死)に追いやるおそれのある夢を分泌することが悪でないはずはありません。わたしは小説を書くことが悪だという不安を捨てることができません。まるで贋金造りを働いているような気もちです。

しかし現代はあらゆるものが社会の維持と進歩とに役だつことを要求されている時代です。文学も例外ではありません。サドやカフカまでも現代社会の悪を予見し批判した天才であるという免罪符をあたえられています。ほんとうはかれらの書物こそ絶対的な悪書なのに。こんな状況をみますと、現代の芸術家はけっしてアウトサイダーであってはならず、勇猛果敢な啓蒙家であり進歩に役だつ思想の強力なスピーカーでなければならないようにも思えます。そしてわたしも心からそうなりたいと思うのですが、そうなったわたしを想像することができないのです。

以上はわたしがしばしば放言してきたことのくりかえしです。一種の卑怯なポーズだという人もあります。わたし自身はけっしてこんな虫の立場をみとめてもらえるとは信じていません。わたしを理解しない人こそ正しい人間であり、わたしがそうなろうとしてなれない種類の人間なのです。

完全に消滅すること、これがわたしの最大の希望です。

(読売新聞夕刊1964・3・30)

純小説と通俗小説

わが国にはB、G、S……といった「純文芸誌」があり、一方にはこれらに小説を書く特権（?）を享有している（?）作家グループがあって、これらの作家がB、G、S……といった雑誌に発表した小説は自動的に「純文学」とみなされる、という奇妙にも便利な慣習が成立しています。そして「純文学」作家グループは、あたかもボストンやフィラデルフィアのメンズ・クラブのような存在で、「通俗文学」作家は、かれがたとえ一日に数十万の紙幣を原稿用紙でもって贋造するほどの一流企業家であろうと、容易に入会を許されないしくみになっているようです。もっとも、「純文学」作家の小説も前記B、G、S誌など以外に発表したものはかならずしも「純文学」とはみなされませんが、しかし、B、G、Sなどに発表するという特権を保有するかぎり、かれ（あるいは彼女）は依然として「純文学」作家たる資格を失わないわけです。

この分類法はなかなか便利なものですから、それにしたがってわたし自身も「純文学」

作家という肩書きをちょうだいしているような次第ですが、裏をかえせばこれは売れない小説書き、ということと同義であります。つまり、B、G、S……といった雑誌は、いわば学会の機関誌のようなもので、これらの雑誌そのものが素人の読者に売れる性質のものでないのも当然のことといえましょう。

しかしB、G、Sなどがそういう性質のものだとしますと、今度はそこにはあまりにも「純小説」(さしあたり小説のことだけを考えますから)が少ないことにわたしは奇異の感を抱かずにはいられません。さて、ここからはわたしの勝手な定義にしたがって、「純小説」とは「あたらしい小説」であるということにいたしておきましょう。ただ、「あたらしい」というのはすこぶる危険なことばで、こんなことばを使うのはよく吠える犬のまえでわざわざしっぽを振ってみせるようなものですが、ともかく、わたし流に定義すれば、大トルストイ、大ロマン・ロランは申すにおよばず、サルトル先生もいまや「古い」小説書きなのであり、「通俗小説」書きだということになってしまいます。

さて、「古い」小説とは、ことばが他人を動かすための道具であるという確信にもとづいて一定の「物語」を組みたて、これを読者に提供するもので、小説なんか書こうと思わない「素人」の読者にも十分「なにか」を訴えうるものです。この「なにか」とは、もちろん、読者がそれぞれの人生体験に照し、身につまされたりして、誤解するところのものです。批評家とよばれるひとたちもおおむねこれと同じことをやっており、ただ、この

「なにか」を伝えるための手段が目的にうまく合致しているかどうかについても多少論じる点にちがいがあります。しかし、こと「あたらしい」小説に関しては、かれらも素人の読者同様、無縁のひとたちです。というのは、「あたらしい」小説は、ことばに対する幸福な信頼を破壊されたこと自体を小説を書く最大の動機としているものですから、これはかならず小説についての小説になり、ことばに対する探求の小説になります。素人にはまるでおもしろくない、学術論文のごとき代物なのです。小説がこんなものになってしまうのは小説の自殺だ、といわれれば、まさにその通り、しかしそうかといって、いまさら古いよき時代の小説に還るべしという王政復古式の議論もまっぴら、小説なんか滅びるものならほろびたっていいでしょう。

ところがさいわいにも、今日、小説は隆盛をきわめています。わたしのいう「純小説」が専門研究者の仕事となった一方、かつては秘儀であった「古い」小説の技術が、いまでは平均的な技術として主婦のあいだにまで普及いたしました。そこで「純小説」でもなく「娯楽小説」ともいえぬ「通俗小説」がB、G、S誌などの大半を占めるようになりました。小説は自己表現の一種であるという「近代的」観念と、「古い」近代小説の技術とを結合させれば、だれでも小説が書けるめでたい時代がやってきたのです。

（小原流挿花1965・8）

インセストについて

インセスト――インセクト（昆虫）のことではありません――つまりものものしい日本語でいえば「近親相姦」のこと。ただしこれは岩波の『国語辞典』などにはのっていないことばで、またインセストのほうも、最近、心理学を専攻しているある若いアメリカ人にきいてみたところ、そんなことばは知らないとのことでした。たしかに、これはわが国語の辞書からは抹殺したいことばのひとつ、いやしくも教養ある紳士なら日常口にすべからざることばであるかもしれません。無知を大罪とみなす上流社会にあっても、この種のことに関する無知すなわち無邪気は、たぶん美徳のひとつに数えられることでしょう。ところで、わたし自身は昨秋『聖少女』といういかがわしい本を出しましたが、そのなかで近親相姦のダブル・プレイが演じられているものですから、この本についてたずねられるたびに、舌を灼く思いで「キンシンソウカン」ということばを発音せざるをえない次第なのです。すると相手の紳士ないし淑女はけげんな顔をして、まるで難解な学術用語でも口にするような調子で「キンシンソウカン？」とつぶやき、多くの場合、話はここで終りとなります。

最近、ある週刊誌に「近親相姦激増のショック」という記事が出ていましたが、はたしてそれが激増しつつあるかどうかということの真否はおくとしても、とにかく世間には近親相姦の事実が性生活のなかの隠微な悪性腫瘍として少からずひそんでいることだけはたしかです。もちろん、近親相姦が事実として存在するということによって、わたしが小説のなかで近親相姦をとりあげることを正当化するつもりはありません。わたしは元来、真実探究の使徒然として「汚穢（おわい）にまみれた真実」をとりだしてみせたり科学的精神の懐中電燈で「人間の暗黒面」に照明をあててみせたりすることには趣味のない人間です。つまりわたしの小説は異常な真実をつきつけてショック療法をおこなうというような教育的意図をまったくふくまないのです。現実に世間で起っている近親相姦はほとんど例外なしに卑しくて穢（きたな）い事件にすぎず（というのがわたしの頑固な偏見です）わたしが近親相姦を小説に書くのは、これをいかにして聖化するか、という課題に魅力を感じるからなのです。ジュネ流にいえば、唾と汚物とから壮麗なにせの薔薇をつくりあげようというわけです。わたしはこの意味で「悪い」小説を書くことを心がけています。近親相姦という「悪」を描いたという理由で「悪い」小説を書いているわけではありません。

ところで、近親相姦は悪なのか？　もちろん悪です。これを悪でないとする理路整然たる説明があればぜひききたいものです。逆に、「なぜそれは悪なのか？」ときかれてもその理由は説明できません。じつは理由なんかないのが「悪」の「悪」たるゆえんであって、それは要するに「社会が禁じたこと」、「反社会的なこと」なのです。そしてこの禁じられた近親相姦がもともと「自然」に属するということに注意すれば（それはたとえば近親相姦を罵るのに「犬畜生同然」という表現がもちいられることからもわかります）、この場合の「悪」の構造的性質があきらかになります。

つまり近親相姦は人間が「社会」から「自然」まで下降しようとする「悪」なのです。これに対して、人間が「社会」から上方へ、「天国」のほうへ、「死」にむかって脱出しようとする場合の「悪」として、ルージュモンが「死への情熱」とよんだトリスタン＝イズー的エロスがあります。この「悪」のヴェクトルは反社会という方向をもつと同時に「反自然的」でもあり、いわばエロス（愛）と近親相姦とは、「社会」の「上界」および「下界」をなす「悪」といってよいでしょう。

この見取図によれば「近親相姦を聖化する」とわたしがいった意味もほぼ察していただけると思います。つまりそれは近親相姦にエロスの翼をあたえ、「社会」から「死」にむかって飛翔する情勢に転化せしめることです。

この架空の犯罪において、完全な同質性をおたがいのうちにみいだし、それにもかかわらず、「悪」をなすという意識によって電圧のたかめられた「愛」を共有しうるほどの、選ばれた共犯者同士、高貴な王子と王女の組合せを登場させることをわたしは好みます。事実のほうでは、週刊誌によると、(1)父と娘、(2)兄と妹、(3)母と息子、(4)姉と弟、という組合せの順に多いそうです。文学のほうの例では、(1)にマックス・フリッシュの『アテネに死す』があり、(2)にトーマス・マンの『選ばれし人』やローレンス・ダレルの『アレクサンドリア・カルテット』、(3)にソポクレスの有名な『オイディプス』、(4)にベルジェの『南』などがあり、その他義父と娘、義母と息子のケースでは、バザンの『愛せないのにやラシーヌの『フェードル』といった工合です。愚作『聖少女』では(1)と(4)のケースを選びました。

しかしわたしの「理論」からいけば、最高の組合せは双生の姉弟（兄妹）ということになるのです。

わたしのにせの恋人たち！

（話の特集1966・3）

小説の迷路と否定性

1

自分の小説について語ろうとするとき、わたしはおびただしい否定詞をつらねることによって語るしかないことを感じます。たとえば、《主題》がなく《物語》がなくても小説は可能ではないか、といった妄執を抱いてわたしは小説を書いていますし、またわたしが小説書きをひとつの創造的行為と信じることができるのは、それが合理的な解釈に還元できないようなある世界を創ることだという確信がもてるかぎりにおいてです。またポール・ヴァレリーが、自分に関するかぎり、「侯爵夫人は五時に外出した」というような文章はけっして書かないだろうとアンドレ・ブルトンに表明した、あの手垢のついた《散文》に対する同じ反撥から、わたしはしばしば《散文》の約束を無視した《文体》で書くこともあります。

そこでわたしの小説は、オーソドックスな、古いタイプの小説に対して、それに寄生し、それを喰いあらし、それを破壊する《癌》のようなものとなります。そしてこの《癌》の性質を明らかにするためには、つまりわたしの小説がどういうものであるかを語るためには、なによりも、わたしの小説が「どういうものでないか」をしめす必要があります。

まずてはじめに、わたしが書きたくないと思っている型の小説を列挙してみましょう。第一に《事実》の報告をモティーフとして書かれた小説。小説の要件のひとつとしてフィクションであるべきことをあげる古典的な定義に照してみればこんなものは最初から小説ではなくてたとえばルポルタージュにすぎない、といわれるかもしれません。しかしこれは公式論であって、小説とはもともとたんに文学であるばかりでなく、科学であり哲学でありルポルタージュでもあります。ことばによる《事実》の報告をもっぱらめざしている小説もまた、小説の一変種にはちがいありません。ところで、わたしにとってはこの型の小説ほど書く気のしないものはない、当然のことながらルポルタージュの仕事ほどわたしをうんざりさせるものはない――というのがわたしの性癖なのです。

もっとも、《事実》とかかわりあうことなしにそれをみることだけを愉しむ怠惰な《眼》であるわたしは、そのかぎりでは人一倍事実に興味はもっていますが、しかしこの《眼》のうしろにひろがる頭蓋のなかの《ことば》の暗室は、《事実》の陰画をさらに陽画になおして他人に伝えるという仕事を嫌悪するのです。日常生活でわたしはいやというほど《ことば》を使っていますけれど、それはすべて伝達の手段として役に立っている《ことば》であって、むろんわたしもそういう《ことば》によっていろんな《事実》を他人にむかってしゃべっています。しかし小説を書くとき、わたしはもはやその種の《ことば》を使いたくないのです。

ここから先のことはわたしの文体の問題に関係してきますからのちに詳しく述べるとして、結局のところ、わたしは《事実》に吸いよせられること《事実》に支配されることを極度にいやがっているのです。たとえば、かりに地球人のなかでわたしひとりがある惑星に旅行して奇怪な宇宙人に会見するという経験をもったとしても、わたしはこの驚天動地の《事実》を《ことば》によって全地球人に報告したいとは思わないのです。もしそれをするときは、わたしが小説書きであることをやめ、スターないしはタレントとなるときでしょう。このどこかの惑星を現にいくさのおこなわれている地球上のどこかの国におきかえても話は同じことです。いかに酸鼻（さんび）をきわめた《事実》に立ちあったとしても、わたし自身が一箇の伝達装置となってわめきたてるのはまっぴら。こういう仕事は《事実》あるいは《真実》をなによりも崇拝し、自分をカメラとなしうる《報道者的人間》の仕事であって文学者の仕事ではないと、わたしは考えています。

わたしが小説のなかで固有名詞の使用を避けているのも、《事実》の猥雑さが、わたしのつくることばの世界に侵入することを嫌悪するからです。《事実》あるいは《事件》の報告の鉄則はつねに《五つのW》、つまり《いつ、どこで、だれが、なにを、なぜ》を明らかにすることですが、わたしの小説はむしろこういう限定をことごとく拒否することで空中楼閣をつくっているのです。いつかわからぬあるときに、どこにもない場所で、だれでもないだれかが、なぜという理由もなく、なにかをしようとするが結局なにもしない——これがわたしの小説の理想です。そこでこの空中楼閣においては、主人公たちは、フランツ・カフカにならって、K、L、Sといった記号あるいは人称代名詞で指示されるにとどまらなければなりません。

さて、《事実》はしばしば作者の《体験》という形をとるものです。したがって、作者の《体験》ないしは《生活》の報告をモティーフとしているような小説も、わたしの書きたくない小説です。小説ということばにこだわっているのではありません。日常茶飯の身辺雑記などは小説でなくエッセイであるというならそれでも結構です。わたしはそういうエッセイを書きたくないというだけです。いかなる形にしろ、私生活を書いて公表することは、はなはだ無礼なことであろうとわたしは思っています。多くのエッセイやある種の小説は、まさにこの優雅を欠いた精神の排泄物というべきです。わたしにとってエッセイの原型はたとえばモンテーニュの『エセー』のようなものであって日本人好みの身辺雑記や《私小説》などはまことに奇妙な精神の所産というほかありません。しかしいわゆる《私小説》も小説の一変種にはちがいありませんし、これについては（《一人称小説》という観点から）語るべきこともなくはありませんが、ここではわたしとは無縁の小説であるというにとどめましょう。

作者の《体験》がたまたまトリヴィアルな日常性を超えてたとえば《死》と顔をつきあわせるといった深刻な《体験》であっても、わたしの意見は同じです。作者自身のかかわっている《死》という《事実》によって他人の想像力の表皮に切りつけることは、やはり無礼なしうちというべきでしょう。ある小説が、作者自身に襲いかかった《死》についての克明で勇敢な報告であっても、まずい小説はあくまでまずい小説で、死者に表すべき弔意や同情やある種の感情移入的感動を、作品にむけるのはこっけいなことでありましょう。

このことは、小説――一般に文学作品――を評価する態度の問題にかかってきます。「なにが」書かれているかにもっぱら（あるイデオロギーなどの立場から）気を奪われるひとびとのあいだで、何々問題、何々戦争といった社会的・政治的題材をとりあげているというだけで存在意義を保証されるような小説がありますが、これもまた、わたしの書きたくない小説のひとつです。

この種の題材、とりわけ《革命》とか《反体制》といった発想とどこかでむすびつくような題材を好んでとりあげる小説のことを、文壇の陰語では一時《アクチュアルな小説》などと呼んでいたようでした。わたしにとってはもっとも退屈でつまらない小説の別名です。というのはかれらが重大関心事としている何々事件、何々戦争といったものにわたしは微量の好奇心しかもたず、したがってそれらをとりあげたこと自体にはちっとも感心しないからで、しかも《アクチュアルな》事件をとりあげた場合、その小説はほとんど例外なしにまえにのべた《事実を報告する小説》となり、作者は《事実》の支配に身をまかせた奴隷となるか、《事実》を批判するひがみっぽい知識人となってしまいます。

どちらかといえば、わたし自身は《事実》に対する無力感のために手をひいてしまうのかもしれません。ある事件をとりあげる以上は、それを喰いつくし、想像力の消化器でとかし、自分の《ことば》の世界に移転しなければなりません。それをなしとげる自信なしに、《事実》の断片をただ《記録》したり《モンタージュ》したり、あるいは既成のイデオロギーを借り着して《批判》したりするのは、「下衆の仕事」のように思われます。

ですから、作者が《アクチュアルな》問題をたて、批判し、解決し、ないしは解決の困難や不可能をしめすことによって、読者にアッピールしようとする小説、すなわち《プロパガンダ小説》をわたしは心から軽蔑するものです。その極端なものは、たとえば、社会主義建設にむかって人民を鼓舞する小説というようなものになるでしょうが、こんな大義名分の鎧に身をかためて小説いや「大説」の書ける作家に対して、わたしは驚嘆の念を禁じえません。いまはただ、そういう文学しか許されない世の中がやってこないことを祈るだけです。

2

《アクチュアルな》小説のつまらなさについては、前回の通りです。だがそれほど露骨ではないにしても、今日、大多数の読者は、《娯楽》でなければ人生の《教訓》を、小説に要求します。読んでためになり、《人生》あるいは《現実》について考えさせるような小説がまじめな読者から求められています。これは今日小説が《商品》である以上あたりまえのことで、読者がそこにどのような《効用》——涙、ひまつぶし、知的遊戯、教訓、社会批判など——をみいだすにしろ、商品としての小説は、ともかくなんらかの《効用》をそなえていなければなりません。ところで、わたしの小説はこの商品としての資格をもっとも欠いているもののひとつで、ことに読んでためになるという効用なんかは絶対にないといってよいでしょう。こういうふとどきな、《反道徳的》ですらない《無道徳的》な小説を書くわたしという人間の在りかたについてはいずれ診断をこころみるに値しますが、ここではわたしが《プロパガンダ小説》を書きたがらない人間であることをくりかえしておきましょう。

ここでもまた、わたしの嫌悪は、小説以外のなにかに従属してその手段として《ことば》を使うこと、にむけられています。教育や報道がそれ自体としていかに有意義な仕事であるとしても、作家にはそれらを行うべき権利もなければ義務もないというのがわたしの個人的な意見です。

読者に《問題》を提起したがる小説のつまらなさは、それが社会的、政治的あるいは経済的問題の文学的翻訳に終っているからでもあります。この翻訳が（一定のルーティンにしたがって）巧妙に行われていれば、批評家からは、「何々問題をみごとに描いている」というおほめのことばがいただけることでしょう。だがわたしの要求は、何々問題を描くということではなく、何々問題を利用して《この世界ではない世界》、いわば《反世界》の存在を表現することなのです。これがじつはわたし流の小説の定義でもあります。わたしが《反世界》と呼んだものを、あるひとは《神》と呼び《存在》と呼び《無》とさえ呼ぶかもしれません。

いずれにしろ、それは《ことば》の日常的な使いかたによっては表現しがたいものであり、小説とは、《ことば》によって、またあらゆる非文学的な要素を自由に利用して、《反世界》に《形》をあたえる魔術である、あるいはその《形》が小説である、といってよいでしょう。ここに《形》をあたえられたものはわたしたちの日常世界に対してその《贋物》の性質をもっており、それゆえにしばしば《悪》という烙印を押されることを免れませんが、少くともある強烈な小説は、《悪》へとむかうほどの過剰な《自由》の実現となっています。それは、日常生活における時間とは別の、想像世界における時間をもつことによって現実世界から《存在》の王冠を詐取し、それ自身もうひとつの《現実》となるばかりか、ときには現実世界を支配する《持続》の原理すなわち《善》に対して、《死》の原理すなわち《悪》の火で世界を灼きほろぼしてしまうのです……。

以上のようなわたしの考えからすると、わたしの書きたい小説は《形而上》的なものを指示し、《文学空間》においてそれに《形》をあたえている小説、という意味で《メタフィジカルな小説》でなければならず、あらゆる《形而下》的なもの、《事実》や《体験》や《日常性》は、《形而上》のものをしめすという目的のためにだけ利用されなければなりません。《物語》という柱も、《文学空間》のなかに《形而上》的なものの《形》を吊りさげるための便宜的な仕掛にすぎないので、もしも新しい建築技術の考案に成功したなら、この柱も、小説にとって不可欠のものとはいえなくなるでしょう。そこで、人生の表皮の一部をみごとに切りとったというだけの小説、またはそれをたくみにつづりあわせた細工物としての小説——これらはとくにわが国では愛好されていますが——も、わたしの書きたくない小説ですし、明快で堅牢な《物語》が、ある《形而上》的でない《主題》の表現のために過不足なく役立っているだけの小説も、わたしにとっては魅力のない小説であるということになります。

これまでのところ、どうやらわたしは少しばかり二流三流の小説にかかわりすぎたきらいがあるようです。とはいうものの、右に列挙してきたような小説は——二流三流の作品の大群がつねに主流派を形成するという、あの民主主義の原理を別にしても——現在日本人によって書かれる小説のなかで多数派をしめ、十九世紀に完成した古典的なタイプの小説の、うすっぺらにひろがった「しっぽ」であるという意味での保守派であり、「小説とは散文で書かれた物語である」という憲法を楯にとっているという意味での正統派であり、要するにわたしが小説を書きはじめるにあたって猛烈な反撥と軽蔑をむけた相手なのでした。このことは、いうまでもなく《伝統》の継承や否定といった問題とはなんの関係もないことで、それはわたしの愛想づかしであり、いやなものからの自己隔離であったにすぎません。比較的最近になってわたしは現代の日本のすぐれた作家たちから影響を受けつつありますが、もともとわたしを小説書きという悪習にかりたてたのは、外国の小説を読むうちに形成されてきた《模作》の衝動なのです。そこで日本の《正統派》小説に対するわたしの反撥の裏面をなす、この外国小説の《模倣》について次に語る必要があります。

マルロオもいっているように、ある人間が芸術家に変身するのは——遺憾ながらわたしは自分自身についてこのことを「完了形」でいうつもりは毛頭ないのですが——かれがとりつかれた先人の《スタイル》を《模作》することを通じてでありましょう。だがこの真理が文学ことに小説に関するかぎりそれほど重くみられないのは、小説を作者の《生活》からたぐりだしたり、もっぱら作者の《自己表出》——たとえば作者の個人的な《危機》とその克服といった図式による解明が流行しています——とみなしがちな日本的批評のせいでもあります。自分自身のことをいえば、わたしは自分について語るべき「なにか」があったから小説を書いたのではなく、何々のスタイル「をまねて」何々「のように」書くために小説を書きはじめたのであり、その際、わたし自身の《体験》は「利用」されたにすぎません。

わたしがはじめて他人のまえに出した小説『パルタイ』は、あきらかにカフカ、カミュ、サルトルの三位一体です。そのころわたしはフランス文学科の学生で、異様な感動をもって小説に読みふけっていました。もっと小さかった少女時代のわたしは、少女小説などを「身につまされて」読んで感動したり小説から人生の智恵を学んで満足していたにすぎませんでしたが、いまや小説からうける感動は、そのような小説を自分も書きたいという勇気に似た衝動となったのでした。これはわたしの《文学的青春》の時代でした。そして『パルタイ』はなによりもこの《文学的青春》の産物なのであって、わたしの《青春》の産物ではありません。ましてわたし自身は『パルタイ』の《わたし》ではなくそれとはおよそちがった、怠惰でシニカルではにかみやの、どちらかといえば bookish な女子学生にすぎませんでした。

ところで、わたしにとってすでにカミュは死んで《太陽》と《海》だけが残り、サルトル先生は大きらいになり、いまだにわたしの文学的背骨をなしているのはカフカです。この背骨はよくよくわたしの身体に合っているとみえます。しかしわたしはカフカではないので、いかに忠実な《模作》をこころみても、おのずからそれはわたしの作品になります。そしてそのぶんだけつまらなくなってしまうことをわたしはかなしみます。カフカ以外に、いままでわたしが影響を受け、または愛好してその《スタイル》を盗みたいと考えている作家のリストは、およそ次のようになります。サド、ドストエフスキー、トーマス・マン、ローベルト・ムジール、マルセル・プルースト、ジェームズ・ジョイス、ジャン・ジュネ、ヘンリー・ミラー、ローレンス・ダレル、ジュリアン・グラック、アンドレ・ブルトン、モーリス・ブランショ、ミシェル・ビュトール、アラン・ロブ＝グリエ……日本の作家については故人に数人、生きている小説家のなかで六人、批評家で一人……いずれも名前は伏せさせていただきます。

3

さて、ここで、わたしが熱心に《模作》しようとしている《スタイル》というものについて書いておかなければなりません。これを《文体》と呼んでもいいのですが《文体》ということばが文章の個性というほどの意味で普通に用いられているのに対して、わたしはもっと広い意味で、つまり人称の問題、《時間》の制御のしかた、意識の深層にもぐりこむか、《物》の表面を凝視するか、おしゃべりの文体と壁に刻みこむ文体、といった小説の形式に関する問題をすべてふくめたものを、わたし流に《スタイル》と呼ぶことにしたいと思います。すなわち小説の《なにを》に対して《いかに》のほうがわたしのいう《スタイル》になります。

小説というものは《ことば》を用いる芸術であるというほかは容易に限定しがたい多様性をもち過剰なまでの自由を負わされているだけに、それはつねに《なにを》書くかが

《いかに》書くか（すなわち《スタイル》）の創造にかかっているような芸術です。逆の関係もまた真である、と簡単にいってしまいたいところですがわたし自身の経験では、まず書くべき《なにか》がはっきりとわかっていて、これにふさわしい《スタイル》をさがしだしてくるという着せかえ人形遊びのような方式は不可能だと思われますし、実際、このやりかたをするとわたしはかならず失敗しています。

おそらく《なにを》書こうとしているかはわたしにもわからないもの、それはある小説によって《形》をあたえられる以外の方法では（たとえば簡潔なエッセイのような形では）表現不可能なものであって、それが《なに》であるかの発見は、それを《いかに》書くべきかの発見とひとつのことであるといえます。そこでいろんな小説の《スタイル》を《模作》するうちに、自分が《なに》を書こうとしているかを突然了解することさえあるのです。

わたし自身の《スタイル》は大きくわければ二つになります。ひとつは《K—L型》とでもいうべきもので「蛇」や「宇宙人」などはこれに属しています。文字通りここには《人間》というよりK、L、S、Mなどの記号であらわされる独立変数が登場します。（数学のほうでたとえばf、g、qなどが函数を、Rが実数の集合をあらわすことが慣用によってほぼ定っているように、わたしの小説でもK、L、S、Mなどの性質はいつのまにか固定しています。ただしかれらは古典的小説における明確な《性格》をそなえた主人公とはちがいます。)

そして作者であるわたしは、ひとりの《神》としてかれらを操るのではなく、最初の《仮定》をあたえただけでかれらを《想像的空間》の迷路に投げこみ、かれらが自由に迷路をすすみ、壁に頭をうちつけるにまかせます。ここで最初の《仮定》というのは、たとえば《ある日、昼寝から目をさますと、Kはとほうもなく長い蛇をのみこみはじめていた》というようなことをさします。この《仮定》は数学における公理に似ており、小説が終ったところでも依然として説明不可能のまま残されるものです。さて、このような世界の《もっともらしさ》は細部の濃密な《日常性》によって保証されなければなりません。しかし全体は《わるい夢》に似ています。公理系としての数学が形式論理によって組みたてられるのに対して、わたしの小説の世界は《夢》の論理によって進行していきます。夢に特有の飛躍とねじれがこの世界を奇怪な《形》に変えていきます。そしてこの《デフォルマシオン》が極限に達したとき、突然わたしはゆくえをくらまし、不可解な城のような、あるいはグロテスクな蛇のような小説だけがそこに残される、というわけです。

いまひとつの《スタイル》は、《わたし》の内部に深い穴を掘りぬいてサイキの原油を噴出させようというものですが、いまだに成功のけはいはみえません。岩床の堅さに対しては精神分析学の刃を用いる必要があり、一方では《ことば》の腐蝕力を強化する必要があります。いずれにしろ、これは《一人称》で書かれる小説であって、さきほどの《K—

L型》の小説に対して《I型》の小説というべきものです。

このほかに現在わたしが興味をもっているのは《意識》と《人物》との関係、《意識》たちのねばねばしたからみあいと蠕動（ぜんどう）、《コミュニカシオン》の新しい装置《時間》と《存在》などについての研究であり同時に古典的な、あるいは正統派の小説に対する破壊作業でもあるような一群の小説、つまり《ヌーヴォー・ロマン》と呼ばれる新しい型の小説です。

じつをいえば、わたしがこれらの小説に関心をむけはじめたのもその《否定性》に共感したからであって、その新奇さに小説の輝かしい未来をみいだしたからではありません。おそらく、この小説に関する考察であり古典的小説の否定である《ヌーヴォー・ロマン》の運命は、それ自身にとっての《癌》でしかありえない現代芸術の運命と共通のものでしょうし、その光輝は最後の爆発を経て冷たい廃星となる太陽のそれに似ているともいえましょう。

だがそれにもかかわらず《正統派》の小説憲法をあくまで遵守（じゅんしゅ）し良き時代の古典的小説への王政復古を夢みるのはこっけいなことだとわたしは思います。小説の《スタイル》の歴史には、《サイクル》はありえません。

現代的《主題》をバルザックやフローベル風の《スタイル》で表現するという錯誤を実行しても、せいぜい上等の二流品を生むにすぎず、小説の歴史に即していうならば、むしろ《old wine in new bottles》のほうに真実があります。そして新しい小説がその《old wine》までも変質させてしまったという意見にしたがえば――たしかに正統派の小説が表現していた典型的な《人生》や良き秩序ある《世界》といったものは新しい小説からは失われました――それはもはや《小説》ではなくなったということにもなりましょう。しかしかくべつ驚くにはおよびません。小説の定義は二十世紀にはいってからバベルの塔のように自壊作用をおこしているのです。ただし土台は残っています。それは《ことば》です。

4

《ヌーヴォー・ロマン》あるいはそれに先立ついくつかの巨大な小説の《スタイル》がうちこわしたもののひとつは、《物語》という枠であったことは容易に見当がつきますが、いまひとつは、小説は《散文》で書かれる、という誤解でした。もともと《散文》とは《韻文》でないというほどの意味しかないので、これを《詩》における《ことば》と対立する《ことば》を意味するというふうに拡大解釈し、さらに、《散文》とは思想・感情を他人に伝える手段として使われる《ことば》である、と限定するにいたっては、無用な混乱がまぎれこんでしまいます。思想・感情という《実体》が一方に存在し、《ことば》とはそれと一対一で対応する符号であって、小説にあっては（詩の場合とことなり）この符号がその本来の働き、すなわち《実体》を指示するという働きにしたがって、思想・感情の伝達という目的に対する手段としてもちいられる。

これに対して《詩》では《ことば》そのものが目的であり《もの》としての性質をおびている。これは広く信じられている考えですが、じつはこの区別はおかしいのです。それは小説の《ことば》に対する不当な限定をふくんでいます。どんな古い小説をみても、《ことば》は《文体》あるいは《スタイル》のなかで意味を分泌することによって、その小説の《形》をつくるための材料（つまり絵画における色、音楽における音にあたるもの）となっているのであって、そこに実体反映的符号とか情報伝達の手段としての《ことば》をさがすのは、その根本に《ことば》に対する唯物論的誤解があるからでしょう。こういう考えかたは、おそらく人間の《ことば》を猿の叫び声の進化したものくらいにみなしているのでしょう。新しい小説は意識的にこうした誤解をしりぞけ、《ことばの芸術》としての小説をきわめて自由に追求しています。

例の「侯爵夫人は五時に外出した」という文章は日常生活での《ことば》の使いかたと非常に近いものですが、もしもこれを《物語》をすすめる必要上、読者に侯爵夫人の外出を知らせておかなければならないというだけのために書かなければならないとしたらわたしは苦痛のあまり小説を書くのを投げだしてしまうでしょう。またたとえば小説のなかである人物の家系、職業などを詳しく説明する文章を書くことほどわたしをうんざりさせることはありません。そこでわたしはそういう限定をあたえないで、K、Lなどの記号的人間をもちいることになります。小説が人生についての《物語》であることをやめるとき、その《文体》も「侯爵夫人は五時に外出した」というようなものではなくなるのです。

以上を要約してみますと、結局わたしは十九世紀に完成した古典的小説に対立してR・M・アルベレスが小説の《野党的勢力》と呼んでいるもののなかにわたしの小説を位置づけようとしてきたことになります。

ところで、この世紀の後半から二十一世紀にかけて、このような《野党的勢力》が、多数の読者を獲得するという意味での《主流派》になることは可能でしょうか？　わたしの予想は否定的です。これらの新しい型の小説はもはや読者との甘い蜜月旅行を実現させることはないだろうというのが小説の未来に対するわたしの展望です。つまり小説は、一方では古典的小説の《スタイル》を踏襲しながら《事実》の報告や《教訓》または《娯楽》をあたえる商品として大多数の読者を獲得する《通俗小説》と、他方では、それ自身が小説についての反省と研究であり読者に小説家としての参加をしいることによって成立する《純小説》とにはっきり分裂するでしょう。もちろん後者は少数派であって、今日《純文学》誌とみられているものに掲載される小説も、わたしの分類法によれば大多数は《new wine in old bottles》の《通俗小説》です。そしてこの《通俗小説》に対応するのが《通俗批評》とでもいうべきもので、批評家たちは「ここにもまたこんな人生がある、そしてそれがうまく描かれている」という解説をくりかえします。《old bottles》を前提としてもっぱら中身の新しさを検査するこの方式は、本質的には素人の批評であるといえるでしょう。ともかく、これが今日の小説隆盛の実態であって、《通俗小説》は厖大な読者の群をえただけでなくその《スタイル》と《技術》も一般市民のあいだに普及した結果、家庭の主婦でも簡単に小説をつくりあげることのできる時代となりました。《通俗小説》に関するかぎり、小説づくりはもはや秘術でもなんでもなくなりました。

しかし《純小説》についていえば、それは小説の《スタイル》に関心をもち新しい《スタイル》を創ることにかかわろうとする読者にしか参加をもとめえないような性質のものですから、小説の消費者にすぎない一般市民のほとんど全部を読者から除外してしまうほかありません。この意味では現代は小説家にとって《敗北の時代》です。

現代の小説家は読者になにをあたえることができるのでしょうか？《想像的世界》を、というあまりにも一般的な答えを用意してみたところで、読者をこの世界のなかへみちびくための通路はしばしば苦渋そのものにも似た《迷路》であって、しかもその先にあるものは輝かしい《王国》ではなくて《死》であり《無》であるにすぎません。小説は《カタルシス》をあたえる、という古典的な答えは《通俗小説》についてはいまだにあてはまるかもしれません。ただしそれは清涼飲料ほどの《カタルシス》ですが。ある小説家は猛烈な毒物の《観念》を美しい糖衣錠にしてそしらぬ顔で読者にのませています。またある小説家は、けっして到達することのない《約束の地》を読者にしめします。今日小説とはあらゆる《否定性》のぎっしりとつまった暗黒なのです。
わたし自身はこの暗黒のむこうにいかなる読者の顔もみることができません。わたしにとって真の《読者》とは《わたしのなかのかれ》なのです。そこで小説を書くことはこの《かれ》との《コミュニカシオン》あるいは《交信》であって、そのことを、わたしはカフカのことばを借りて《わたしからかれへの移行》と呼ぶことを好んでいます。

（日本読書新聞1966・6・6〜27）

毒薬としての文学

I

一九六五年十月十日にわたしは三十歳になりました。最初に年齢のことを書くのはすでにわたしが《女》ではなくなったからです。つまり満三十歳の誕生日以後わたしは《老人》——《老婆》ではなく——になったわけで、これはさまざまな意味でまことによろこばしいことです。もしも二十歳になったときに《少女》から《老人》へのジャンプに成功していたら、どんなにすばらしかったことでしょう。でも残念なことにわたしはこの跳躍に失敗して、二十代という恥じにみちた感化院に収容されてしまったのでした。男性専用の《青年》ということばを借用するなら、二十歳と三十歳のあいだのわたしは、《少女》と《青年》との半陰陽的具有者として小説などを書き、《若い妖女》というようなものを演じなければなりませんでした。だからわたしの小説はこの《少女》と《青年》の合作です。しかし二十代の《少女》というのはあきらかに贋物であり、またわたしが男でない以上、この《青年》もわたしのなかの他人です。わたしは小説を書きながらこのわたしのなかの他人を拡大してきたといえます。男性化の願望、これが精神分析的にみたわたしの文学の秘密なのです。

二十代がようやく終ったとき、わたしはこうした奇妙な文学的生活を過去の土のなかに埋葬したいと考えるようになりました。その際、墓碑銘は、「若気のいたりでございました」という紋切型で十分まにあうでしょう。某国の某老作家のように、「これまでの自分のおびただしい著作はことごとく誤りであってなんの意味もなく、それはすみやかに焼却されなければならない」などと「自己批判」することができたら――と思うだけでわたしはぞくぞくするほど愉しくなり、嬉しさで思わず顔がゆるんできます。数百万語のことばを他人に喰わせてきた老人が、ある日突然、「あれは全部インチキだったよ」と公言することほどすてきな犯罪はなく、これこそ文学者に許された最大の愉しみであるといえましょう。カフカも「原稿は全部焼却してほしい」とマックス・ブロートにいいましたが、ほかの多くのえらい作家たちはおそらく忙しすぎて死ぬまえにこのせりふをいうひまがなかったのでしょう。そこでわたしは、三十歳を迎えた日に――いささか遅すぎたきらいはありますが――このことを抜けめなく遺書に記載しておいたわけでした。

さて、これでわたしは自分の死体について語る責任を免除されたものと考えて、いまや、わたしの老後について語ることができます。だいたい《私の文学》について語れといった注文に応えるには、これしか方法がありません。

Ⅱ

すでに述べましたように、わたしはこれまで男性化をめざして努力したかいあって、いまではたいがいの男性よりも男性的であると信じています。この妄信を打ちくだくためには、今後（男性的女性ではなく）男性そのものとなるべく、現代医学の技術を信じて性転換手術を受けるのも一法であります。もしこれをやれば、男性から女性への性転換の流行というジュネ的風潮に逆行するもので、まさに画期的なこころみであると申せましょう。これが成功したあかつきには、わたしは、わたしの計算した人生六十年の後半を男として生きることになり、まずかよわい肉体を鍛えあげて筋肉で武装し、大脳皮質をいっそう強化して、政治家、軍人、または強姦常習者、狩猟家などを経験し、三十年後にはちゃんと自殺するはこびとなるでしょう。このような人生にとって、文学とはなにか？　それは政治家にとってはひとりの情婦をもつことと同じく私生活の一部であり、狩猟家にとっては一頭の犀を射殺することと同列、またはそれ以下のことにすぎません。男性となったわたしが、斎戒沐浴して真摯にかつうやうやしく文学の制作にうちこんでいる人間や、生活を文学に従属させている職業文学者に軽蔑を抱くだろうことはほとんど確実であります。文学とはまあその程度のもの、男子一生の仕事にあらずと、考えておくのが健康な男性の常識なのですから。

ところで、わたしが女性にとどまるかぎり、右のような生活は所詮不可能でしょう。これはまさに絶望的なことで、なにごとにも絶望しないわたしが絶望にくやしがっているただひとつのことであります。女ニ生マレタノガソモソモマチガイダッタカナ。女にできる《行動》はただひとつ、子どもを産むこと、マルクス流にいえば「労働力を生産する」ことで、あとはただ、ひたすら《存在》するのが女の本性です。女がそれ以外の《行動》をするとしても、これはだいたい《行動》の真似ごとでありまして、「女流ナニナニ」と《女流》のつく女族はみな、探険家の真似ごと、飛行士のまねごと、料理人の真似ごと、レーサーの真似ごと、ピアニストの真似ごと、そして作家の真似ごと、その他男のすることの真似ごと、をやっているにすぎません。《行動》の競技場の二つのゴールである政治と冒険は、女性とは無縁のものです。《性》でさえも、男性にとっては動詞の形をした《行動》であるのに対して、女性にとっては形容詞、すなわちその《存在》の属性である、というような次第で、女性にはJ・F・ケネディのような生活もなければH・ミラーのような生活もなく、したがって他人に露出してみせるに値する生活などありえないということになります。女の部屋をのぞいてみても、彼女はお化粧したり爪を切ったり編物をしたり料理をつくったりしているだけです。こんなものをのぞいて愉しむのは文学とはべつに関係のない、男性特有の趣味の問題ですし、また彼女の部屋をたずねてくる男が次々と変るありさまをのぞきたがるのも同様です。男なら、かれがなにをしたかが興味のまとなりますが、女性はなにもしないい存在ときまっていますから、女を知ろうとする男の本音は、やや露骨にいえば、コノ女ハ裸ニナルトドンナカラダヲシテイルノダロウ、ということに帰着するわけです。

要するに、男性にとって文学とは、狩猟家が獲物を射ったその手でことばを乱射することでありうるのに対して、女性にとってはあくまで文学なるものをつくる真似ごとにすぎないのです。それはことばを編むことであり、ことばを活けることであり、またこれらのお稽古ごとそのものであります。女にとって、書くことは《行動》ではなくて分泌作用なのです。女性はことばを分泌してきれいな手芸品をつくりあげます。巧みな手芸品や活花はなにものかではありますが、少くともみておもしろいものではありません。

わたし自身をふくめて、女性の書いた文学が基本的におもしろくないことの理由は以上の通りで、それは他人をおもしろがらせない以上にわたしをおもしろがらせないものです。もしわたしが三十歳以後、性転換によって男性になることに成功すれば、この種の仕事からも解放されるわけです。しかし男性の肉体を獲得することが現代の魔術をもってしてもなお困難だとすれば、わたしはともかく《女性》から脱出するために、とりあえず、精神をつなぎとめる杭として必要な最低限にまで肉体を縮小したいと思います。すなわち《老人》になるのです。これはかなり醜悪な存在ではありますが、精神のお化けのほうが、《若い妖女》よりはいくぶんましでありましょう。そこで――わたしが今後も文学と手を切らないものと仮定すれば——わたしはいよいよ本格的な《老人文学》の制作にとりかかるべきであります。《老人》の快楽とはなにか？　わたしの想像によれば、それは肉体によらず精神によって他人を動かすということにちがいありません。そこでわたしには、次のような文学が適しているように思われます。

Ⅲ

今日、文学——とくに小説のことだけを考えますが——には三つのタイプがありましょう。その第一は《世界》を拒絶する小説であり、第二は《小説》を拒絶する小説、そしていまひとつは《世界》と《小説》の両方をともに拒絶しない小説です。この最後のものを、わたしは《通俗小説》と名づけることにしております。

ここではまず第二種の小説を観察してみることにしますが、これの代表的なものはいうまでもなくフランス製の《ヌヴォー・ロマン》とよばれる一群の小説です。わたし自身はこの《ヌヴォー・ロマン》に人一倍関心をもっていますが、それは料理人が同業者の考案した新しい料理に関心をもつのと同じ意味でもつわけで、その新しい料理が食べて美味であるかどうかは別問題です。《ヌヴォー・ロマン》が通常の読者にとっておもしろくないことはほぼ定評になっているようです。なにしろ小説が小説のなかで小説を疑い、破壊し、新しい方法を呈示し、実験し、これらの作業に参加することを読者に強要し、退屈と倦怠以外のなにものも保証しない、というまことに気むずかしいマニエリスムの文学なのですから。小説のこの状況は、ちょうど精神病医がかれ自身を発狂させて治療をこころみることによって精神医学の進歩をはかっているようなものです。

小説が伝統的な《小説》を拒絶するようになったのは、結局従来の《小説》では《世界》を表現することができなくなったという絶望にもとづいています。つまり、だれもかれもが発狂しているときに、これを治療することに絶望した精神病医が、発狂しているのはじつは自分なのではないかと考え、みずから発狂することによって治療法を探求しようというわけです。かれはあまりにもまじめな方法論者、認識批判論者です。もしわたし以外世界中の人間が発狂しているなら、わたしはもはや精神病医である義務はないのですから、かれらを毒殺する方法について考えはじめるでしょう。とにかく、今日では自分以外の人間はことごとくおかしいと考えなければ、生きていくことさえ困難でありましょう。《ヌヴォー・ロマン》が観察し記録している《世界》は、《不条理》で《無意味》で、迷路のような、あるいは得体の知れない軟体動物のような《世界》ですが、これはおそらく、おびただしい《情報》の繁茂によって手に負えなくなった世界をあらわしているのでしょう。このような《世界》に呑みこまれた一匹の虫という視点からながめるかぎり、《世界》はまさに《不条理》の塊としかみえないでしょう。

人間とはまさに自己増殖する《情報》の怪物であります。たとえば、ここに、《KはT

なる時刻にPなる現象をLなる位置で観測した》というプロトコル命題があったとしましょう。これは普通の意味で《事実》とよばれているもので、いちばんなまの、いわば第一次的《情報》です。（もっとも、Kの頭がおかしいとなればこれが《事実》かどうかはわからなくなり、さらにKの頭を調べた精神病医の頭がおかしいとなれば……という懐疑の系列をたどりだすときりがないのですが。）《科学》はこの種の命題からそれ自身を組みたてようとするでしょう。ところで小説は、《侯爵夫人は五時に外出した》という疑似プロトコル命題をもちだし、これが《事実》であるかどうかを問わないという約束のもとに、この種の文章で空中楼閣を築きます。これは《科学》とはまったく別種の《情報》ですが、しかし寄生虫またはカビがこれについて、おびただしい第二次的、三次的、等々の《情報》を生みだすための栄養源となる点は、《科学》も文学も共通です。つまり、小説（文学）には素人玄人の批評家がたかり、この小説について語ることによって、次第に価値を失っていく《派生的情報》の大群を生産するのです。まことにやりきれないことですが、これも人間がことばというものをもっている以上、必然のなりゆきでしょう。バベルの塔はますます無秩序に巨大化していくのです。

《ヌヴォー・ロマン》とは、このような情報流通世界における情報の一伝達手段、一シナプシスにすぎない人間の無力感の産物であるといえます。世界ハ変ッタ。人間ハ解体シタ。コノ新シイ現実ヲ表現スルタメニハ新シイ小説ノ方法ガ必要デアル……つまり《ヌヴォー・ロマン》は新しい《世界》に適応できる新しい表現手段を考案しようとするもので、大ざっぱないいかたをすれば、それは結局、《世界》に追随するために小説と人間を告発した文学である、ということになります。そしてその新しさと難解さは批評家を養う恰好の培養基なのです。

こうして、第二種の小説は、小説研究者たちのつくる情報流通圏内で書かれ、そして読まれます。一般読者は解説者が製造販売する《情報》を買うことなしにはこの種の小説には近づけません。それはまさしくバベルの塔のなかの《芸術》なのです。

さて、わたし自身はこの第二種の《芸術》小説制作に参加して新しい小説の発展に寄与しようというまじめな人間ではありません。わたしが今後老年の道楽として考えているのは、第一種の小説、すなわち《世界》を拒絶する――いや、本音を吐くなら、《世界》に毒をもり、狂気を感染させ、なに喰わぬ顔をしながら《世界》の皮を剝ぎとったり顚覆させたりすることをくわだてる文学です、まあ、それほどすごむ必要はありませんが、これは合法的殺人あるいは完全犯罪をたくらむのに似ているといえましょう。ここで、「合法的」、「完全」ということにはもちろん重要な意味があります。わたしは《世界》を拒絶するどころか、承認し、服従することから出発し、完璧な《技術》を用いて、それとさとられぬまに、《世界》の中身をすりかえなければなりません。

《老人》が文学に手をだす愉しみは、こうしてひとに気づかれずに悪事を働くこと以外にないようです。

サド侯爵は堅固な結晶性の毒薬をむきだしのままのませようとしました。たしかにかれは、《世界》を拒絶し、その毒殺をはかった悪徳文学者中の大物ですが、かれは毒薬を毒薬と知りながら飲みこむことを強要しました。この点ではまさしくサド侯爵は《サディスト》です。わたし自身はこれほど純正な《サディスト》ではありません。もっとたちのわるい《サディコ＝マゾヒスト》なのです。

それにしても、以上のようなことを仰々しくいいふらす人間は、よくよく小心な善人であると相場がきまっているようです。そして、わたしのような人間にとって最大の危険は、他人に飲ませるべき毒薬をまず自分でのんでしまうかもしれないということです。自重自愛して、煮ても焼いても食えない《老人》になるよう、努力いたしましょう。

（講談社刊『われらの文学21』１９６６・10）

なぜ書くかということ

先日、知らないひとから手紙をもらった。そのひとは主婦らしいが、主婦にだっていいたいことはあり、したがってそのことをもとにして主婦にも小説が書けるはずであって、といった形で議論が始っていたが、ここでは主婦と小説書きとの関係を云々するのはやめておく。主婦であろうと学生であろうと、書きたいことがあればそれで小説が書ける、という考えかたを問題にしたい。

書かずにはいられないことをもった人間が書くことは、なにか内的な動機から発した行為であるようにみえるので、そういう自発性を認めることが民主主義（ということばを手紙の主は使っていた）に固有の自己表現の権利を尊重することになるとでもいうのだろうか。しかしそれはさしあたり小説（にかぎらず文学）とは関係のないことである。たまたま異常な体験や特別の卓見をもっているからそれを書かずにはいられない、というようなことは、文学にとって外的なことなのである。文学はそういうひとに「おぼしきことをいはぬはげにぞ腹ふくるる心地」をさせないためにあるのではなくて、また、ついでにいうなら、民主主義は一言居士のためにあるのでもない。

そこで、書くことを職業にしている人間が、あなたはなぜ書くのか、と問われたときの困惑がやはり問題になる。他人にむかってこの種の問いを発することが不躾だということがわからない人間が世間には大勢いて、そういう人間に答える義務も、職業としてものを書くことのうちにはふくまれている。とりあえず、「そこに山があるからだ」という登山家にならって、「書きたいことがあるからだ」と答えてもよい。しかし事実はそうではなくて、そこに注文があり、それを引受けたから（というのは断れなかったから）書く。あるいは、冗談のように、「お金がほしいから」と答えてもよいが、大概の人間にはこのまじめな冗談が通用しない。

ともかく、重要なのは、書くことが自分の職業（profession）であると profess（公言する）した以上、書くことがないと思っても要求に応じて書くのが義務である、という点にある。この義務を引受けることをあえて選んだ人間が professionals であって、そのなかには報酬を受取ることも定義としてふくまれている。ここには書きたいから書く、というあの主婦の自発性はないのである。

注文に応じて小説を書くことも、作家にとっては職業上の仕事にほかならないが、この場合、仕事あるいは義務をりっぱに遂行することと、その結果できあがったものが小説でありう文学であるかどうかということとは一応別のことと考えておいたほうがよい。職業作家が職業活動として書く小説は試験の答案に似たところがあり、この答案は文芸時評などで採点されることになるが、これもまた文学とは関係のない仕事であることは明らかで、たしかな基準などなくても、答案がたくさん集れば、相対的な優劣または好悪についてだれかが採点することはできる。

　書くことがなくても書かなければならなくなったとき、きまじめな小説家なら、小説とはなにかという問題に対する答えを答案に書く。というのは、これが、小説書きを職業としている人間に書ける唯一のことであり、専門家としての最大の関心事でもあるからである。読者は小説の探求について書かれたものを読まされることになる。それもまた新しい型の小説であるとか、反小説も小説の一種であるといった議論もできて、これは専門家のためには都合がよい。しかしわたし自身のことをいえば、同業者の書いた、「小説とはなにか」についての小説を一読者として読んで、少しも楽しくはない。要するに、小説書きが近代的な職業（profession）として自立したことによって、作家は「小説」のために小説を書く専門家となったのである。ここで括弧つきの「小説」とは、ひとつの観念をあらわす。そしてここまでくると、職業作家にむかって「なぜ書くか」と問うことにはほとんど興味がもてなくなってくる。それなら、同じ質問を、たとえばホメーロスのような半神にむかって発してみるとどうであろうか。あるいはシェークスピアやバルザックのような巨人族でもよいが、かれらは黙して答えないにきまっている。そもそもこの現代人好みの質問自体がくだらないのであって、かれらがなぜ書いたかはどうでもよいことで、問題はなにを書いたかということなのである。そしてそれは、かれらの作品がいまもわたしたちのまえに存在しているということによって答えられている。

わたしたちの同時代の作家たちは近代的な professionals として「小説」その他を書いている。よい「小説」を書こうと努力するのは職業的な本能からであり、またそれは職業倫理のうえからも必要なことである。勿論この努力は限定された目的を達成しようとする努力にすぎない。今日、ホメーロスのごとき半神に成りあがろうとする作家がいないとすれば、あと十世紀ののち、わたしたちの時代はなにも残したものがなくて「なにを書いたか」もわからない時代とみなされてもしかたがない。これはしかしわたしたちの文明の本質にかかわることであって、個々の作家の努力や天分を超える問題である。

（朝日新聞夕刊１９６９・２・５）

青春について

人生の陽春にあたる時期が青春なら、春のあとには夏が来て、人生のさかりとなるはずである。前途には輝かしい可能性が充分残されているように思われる、夏のあとには秋が来て冬になり、最後には死が確実にやってくるとしても、それは遠い先のことで、いまの若さがやがて沈む太陽のように失われてしまうものだということさえ信じられない。そして毎日がお祭りであって、あるのは「現在」ばかりである。青春のなかに生きている人間がそんなふうに感じるのがまさに青春なのであって、その人間がただ若いというだけでは、青春を生きていることにはならないのである。

しかしあらゆる青春が陽春のように明るいとはかぎらなくて、よくいわれることだが、戦時中の青春とか、受験地獄時代の青春とかは、暗い青春ということになっている。それでも、暗ければ暗いで、くらやみのなかのお祭りというものも考えられる。そこで味わった苦悩とか悲嘆とかも、働いて生きている人間が味わっているつらさとは別種のもので、あとになってむしろ甘美な思い出に変るような、お祭りのなかで演じられた苦悩や悲嘆であるという点では、それらもまた青春に属するといえる。そしてそういうものを味わえるということを青春の特権だと考えれば、人生のなかのこの特別の時期に対しては何か特別の扱いをするのが当然だということになる。

それが普通には青春讃歌という形をとるようで、そのもっとも単純で卑俗なものは、「若いということはすばらしい」式のいいかたとなる。今日では、若いということはそれだけで文句なしによいことであり、若さは特権でさえある。したがって若さを抑えつけたり暗い青春を強いたりするような政治や「体制」は悪である、という意見には逆らえない風潮があり、要するに若さや青春は、今日では、傷つきやすい面皰だらけの皮膚のように保護され、大事に扱われるのである。勿論、青春を生きている人間が、自分で自分の青春を謳歌するのは結構なことで、またそういうことが臆面もなくできるのが青春の特権でもある。だがそれは、自分についても他人についてもよくわかっていない未熟な人間が「血気にはやって」やることであるから、世間までが一緒になってそういう「若さ」をほめてやったり、ことさら大事に扱ったりするのはおかしいのではないか。

青春などというものは、それが過ぎ去ってからふりかえると、二度とくりかえしたくないもので、それに讃歌を捧げることができるのは、いまだに青春のなかに生きている人間だけではないかと思われる。少くとも、私自身の経験にもとづいていえば、青春とは、みっともない、恥じにみちた時期である。それは私の青春が人なみはずれてみじめであったり暗いものであったりしたからではなくて、青春というものが本来、あとになって、「若気のいたりでした」と恥じいるほかないようなものだからであろう。甘美な記憶はあっても、それは自分だけのために古い日記のように隠しておくほかない。

残念なことに、青春がそういうものであるということは、青春を卒業したあとでなければわからないのであって、現在青春を生きているひとはひたすら青春を謳歌して生きるほかないのである。ある時期を、それが何であるかわからずに生きているということは、つまりそのあいだ一種の病気にかかって生きているということで、青春を生きている人間も、ある種の精神病にかかった人間と同じように、その病気を生きてはいるが、病気の正体については、つまり自分がどういう人間であるかについては、ついに知ることがないのかもしれない。この時期の人間は、いわゆる自意識はいささか過剰なほどであっても、自分を知っているとはいえない。精神異常者にも自意識はある。むしろ自意識しかなくて、それがふくれあがって妄想の世界をつくり、それがすべてになっているところに異常さがあるといえる。青春期の人間もこれと似たところがあって、自分というものを世界いっぱいに膨張させようとする。そしてそのなかに、大学問題、安保問題からベトナム戦争まで、あらゆるものがとりこまれて、それらがこの膨張した自己を異常に充血させる。また逆に、自分のなかにもぐりこみ、そこを全宇宙だと考えて、そのなかにあらゆるものを求めたりする人間もいる。いずれの場合も、自分がすべてであるようなこの世界には、他人というものが存在しないのである。他人の存在は、せいぜいこの夢のような世界に影を投じているにすぎない。だが実際に黒船がやってきたとき、鎖国の夢は破られて、外国との現実の関係が始まったように、他人が登場してくればこの自分だけの世界は破れて、そのときに青春も終る。

青春が、こうして他人を無視した、自己拡張的に生きられる時期であるのは、それが、私たちが社会的動物としての生活を始めるまえの時期にあたっているということと、大いに関係がある。親から自立して生活するようになるまでの人間にはほんとうの生活はない、というのが私の考えであって、学校という括弧つきの社会では、「生活ごっこ」が行なわれているにすぎないように思われる。そのかぎりでは幼稚園から大学まで同じである。そこで、こういう「生活ごっこ」の時期が終って、男なら職に就いたり、女なら結婚したりしたときに、本物の生活とともに本物の他人が登場し、他人と現実の関係をもたざるをえなくなったときに、普通は青春も終るのである。

しかしそうはならない人間が少くないことも事実であって、その種の人間は、老いて死ぬときになっても、面皰だらけの精神を失うことがない。ということは、かならずしも就職や結婚という外的事件だけで青春が終るとはかぎらないことを示していて、現実に他人と関係をもつにいたっても他人を発見することができず、いつまでも自分だけの夢の世界で生きていく人間も少からずいるのである。たとえば大学の先生や「知識人」、「文化人」と呼ばれるひとたちのなかにはこの種の人間が大勢いるようだし、ことに文学関係の仕事をしているひとたちのなかにはそれが多いように見受けられる。そしてこういう人間のことをひとくちに「文学青年」と呼ぶこともできて、これは精神の発育度に関する問題であるから、白髪の老紳士をつかまえて「文学青年」と呼んでも別におかしくはない。この人間が女であれば、「文学少女」ということばが使える。

私自身も長いあいだ文学少女だった人間であるが、もともと他人に対して神経質で、恥じをかかないこと、礼節を守ることに汲々としていた、つまり文学少女からは遠かった私がとうとう文学少女になったのは、思いがけない機会から文壇というところへ出て仕事をするようになってからのことである。これは文学という、本来大人の（というのは子どもには正しくことばを使うことができないからであるが）なすべき仕事に、まだ大人になっていない人間が手を出したことからくる笑えない喜劇であって、これをつづけていくためには、早く大人になるか、子どものままで鬼面人を嚇す工夫をこらすかするほかないが、このあとのほうをやっているあいだ、私は文学少女であって、またそのあいだ私の青春もつづいたことになる。この青春が終りをつげたのは三十歳前後のことで、それには結婚や、アメリカに行って一年ほど文学の仕事をしないで過したことも大いに関係しているが、しかし私の場合、私を文学少女から解放し、青春の悪酔いをさましてくれたのも文学であったように思われる。わが国の現代小説の大半は「文学青年」または「文学少女」が書いたもので、出てくる人物もほとんどが「文学青年」か「文学少女」であって、この種のものは好んで文学的自家中毒に陥ることを求める人間にまかせておけばよい。そういうものが本来文学とは別のものであることに気づくためには本物の文学を読めばよいので、実際、新しく書かれたものが新しい文学だというような迷信にとらわれなければ、本物の、したがって本当に新しい文学はいくらでもある。私にとってはそれらを知ることが他人を発見することであったといえる。文学の毒で青春を長びかせた私は、結局、文学を解毒剤として長い青春から抜けだすことができたのである。

しかし青春に対する解毒剤としてどのような文学を読めばよいかという処方箋をここで示すわけにはいかない。ただ、私自身をふくめて、日本の現代作家の小説の多くはこの処方箋にのらないことと、小説だけが文学ではないということをいっておけば足りる。また文学以外の本のなかにも有効な解毒剤となりうるものはたくさんあって、それらは一般に、第一級のものであるという意味で「古典」と呼ばれている。古典こそ精神にとってもっとも手ごたえのある他人なのである。

だが、以上はあくまでも私の場合であって、青春という病気から抜けだすのは容易なことではない。病気をなおすのは結局病人自身であり、それには少くとも病人が、自分が病気であることを知っていてこれをなおそうとする意志をもつことが必要である。青春あるいは若さに特権的な価値を認め、青春の持続をひたすら求めている人間には、青春から抜けだす可能性は少いといってよい。そういう人間は、いわば大人になることを拒否しているのである。

何年かまえに、「早く大人になりたい」という主旨の歌がはやったことがあって、そう願う理由は、その歌によれば、"too many rules"だということになっていた。つまり大人として扱ってもらえないあいだは、口紅をつけることも酒を飲むこともできず、禁じられていることが多すぎる。大人になればそういうルールから解放されて好きなことができるというわけである。しかしほんとうは話は逆で、大人の世界こそ"too many rules"ではないか。考えてみると、今日では子どもほどよく保護されて自由に生きている動物はないのである、ただ動物とだけ書いたのは、子どもは社会的動物としては一人前と認めがたいからであり、その点で、許されていないことも多いかわりに、責任も負わされていない。かれらが大人の世界に参加することを認めるからには、多くのルールを守って行動する責任も負わせなければならない。ところが、今日では、大人の世界の手前で、そこには"too many rules"がある、といって泣きわめいて反抗し、大人になることを拒否している子どももいて、またそういう生きかたが青春の流行のスタイルになっている。そしてそれが子どもじみていると同時に頽廃的でもあるのは、かれらが、青春という、大人になるまえの精神的はしかのなかに自分を閉じこめること自体がもっと重大な病気であることに気づいていないからである。たとえば、大学というところにはそういう病気の子どもが比較的たくさん集っていて、あまりにも少くて無力なルールをいいことにして、したい放題をしているといえる。

若くて、しかも健康な人間ならば、青春を謳歌しながらも、やはりそれがひとつの過渡期にすぎないことを知っていて、早くそこをくぐりぬけ、「早く大人になりたい」と願っているのではないだろうか。この気持がまるでなくなるほど青春に「埋没」してしまった人間につける薬がないのは、好きで病気になっている人間の場合も同じことで、そういう人間は死ぬまで青春を生き、「文学青年」でありつづけるほかない。今日ではそのような生きかたをする自由もたしかにあるが、その種の人間がいかにまわりの人間に迷惑を及ぼしているかということは、最近の大学生や大学教授の行動を考えてみただけでもわかる。そして、青春がそのような形で自己を表現せざるをえないのは政治や「体制」がわるいからだという考えかた、これこそ青春に特有の考えかたなのである。私自身は、かつてそのような考えかたにいささかでもかぶれていた自分の青春というものを、恥じることなしに思いだすことはできない。しかし人間はだれでもある時期にはそういう生きかたをするほかないということを考えれば、それを悔いる必要はないのである。

（青春と読書1969・冬）

政治の中の死

政治には、死——正確にいって殺人がつきものなのでしょうか？　最近の政治的状況はいやおうなしにこの疑問をわたしたちに投げかけてくるようです。政治の実体は闘争であり政治というダイナミックスの原理は殺意である、という認識はたしかに正しい一面をもっています。しかしこの《敵を殺せ》という原理を矯めてしまうような政治制度も考えられるので、それがつまりデモクラシイなのです。デモクラシイとは、他人が自分と異なる利害や信条をもつという事実を受けいれたうえで合理的な説得と妥協によって殺意のからみあいを均衡させること、他人を《敵》として殺すかわりに数の原理にしたがって行動すること、このルールから出発するものだといえます。だからそれはある意味で人間不信の産物であり、絶対的な正義とか神とかいったものなしに運用しうるきわめてシニックな制度でありましょう。それだけにこのルールを確立し、これを守るということは重大な意味をもつのではないかと思うのです。

ところでこのデモクラシイを守ろうとする大衆行動のなかにまでいたましい《死》がまぎれこむということは大へんなショックです。政治のなかの死は当然その手段としての有効性という面から評価されることになります。勝ちいくさはどんな卑劣な死、無益な死にも名誉を回復してやることができます。だが負けいくさはあらゆる死を犬死にします。結局、死ぬことは自分の自由を死体として他人の手にゆだねることにほかならないわけで他人がこの死を埋葬し、花で飾り、意味づけをするのです。けれども《英雄的な死》を受けいれることは、知らず知らずのうちに政治への参加に手段としての《死》を賭けることを容認する傾向をみちびかないでしょうか？　わたしはそれを考えると恐怖をおぼえずにはいられません。

卑しく生きながらえるべきか、英雄的に死ぬべきか？　これはこっけいで危険な発想ですが、政治はわたしたちにこんな二者択一をせまらないともかぎりません。わたしなら政治の場では前者を選びます。死とはわたしの自由のかなたにあり、わたしの可能性の限界、いわゆる《限界状況》なのでその死をわたしの可能性のなかにすべりこませて行動することとは一種の自殺にひとしいといえます。もちろん、生まれたことが不条理であるように死ぬことは絶対的な不条理であり、いつかはこの不条理に衝突しなければならないのですが、それなら、わたしは他人の手に自由をすっかりゆだねるときをできるかぎりひきのばしたいのです。こと政治にかんするかぎり、カミュがいったように、《大切なことはもっともよく生きることではなくもっとも多く生きること》ではないでしょうか？

わたしたちがほんとうに殺意の政治にみきりをつけるとすれば、《敵を殺す》ことを政治の目的としないだけでなく、政治のなかで死を手段としても使用しないという原則をうちたてる必要があります。そのためにはおよそ政治のなかの死は犬死であるという思想こそただひとつの出発点なのだといいたいのです。

（明治大学新聞1960・6・30）

安保時代の青春

　はじめにお断りしておかなければなりませんが、わたしはたまたまいわゆるアンポの前後に学生であったというだけの人間で、学生運動に関係したこともありませんし、現在の学生運動やそれをやっている人たちにはなんの共感ももっていません。そういう人間は学生運動について語る資格なんかない、といわれればそれまでですけれど、どういうわけかわたしに白羽の矢が立って、それを引き抜いて投げかえす勇気がなかった以上ここで勝手なことをいわせていただくほかなさそうです。

　一九六〇年のアンポ騒動はわたしにとっては外で強い風が吹いていたという程度の意味しかなかったので、それはわたしの「青春」といったものとは無関係な一事件にすぎませんでした。元来「青春」というものは個人的なものでそれは恋をしたり恋を失ったり夢中で勉強したり死を考えたりするのに忙しい時期なのですから、この「青春」をアンポなどという風に巻きこまれて過すのは、まことにもったいない話でありましょう。わたしが友人のそのまた友人などを介して間接に知っている、当時の学生運動の指導者たちの何人かは、外にむかってエネルギーをついやすばかりで自分を失っていた時期の空白についてやるかたない無念と恥じを抱いているようですが、人間らしい人間ならこれは当然のことです。自分の「青春」をアンポにかけて悔いはない、などといっている人間は、よほどおめでたいか空疎であるか、さもなければプロの政治家として自分の内面を抹殺してそういう発言をしているかのいずれかであると思われます。

さて管見（以下文字どおりの管見です）によれば、一九六〇年のアンポ騒動を境にして、日本の「反体制」運動は、日共派が深く静かに潜行してしまったことで、政治運動としての実質を失い、マス・メディアのための花火となったようにみえます。このことは、革命運動がただの「反体制」運動になり、同時に運動の主役が大人から子どもに移ったということを意味します。

「革命」ということばは、明らかに、新しい権力者と新しい「体制」の登場を含意していますが、その新しい「体制」についてのヴィジョン（幻）は、非スターリン化運動、ハンガリー事件などでソ連というお手本が馬脚をあらわしたこととそれに狼狽した日共の自信喪失とによってすっかり力を失い、つまりは幻滅の悲哀ということが起ったわけでした。六〇年アンポの学生指導者たちは、新しい「体制」のイメージを回復するために、日共公認のマルクス理論を棄て、新しい「革命」と「体制」の理論を模索していたようで、この点、かれらは現在の指導者諸君とはちがって、なかなかよく勉強していたように思われます。少くともかれらは、知性が構想したものを行動によって実現しようとしていたという点では、わたしにも理解できる人間であったということができます。かれらは自分の知的能力に自信をもっている人間でしたから、アンポ以後、かれらのなかにはテクノクラットとして生きるみちを選んだものも多いようです。この種の人たちは、いずれもイデオロギーの酔いからさめた人間で、また自分の独自の思想をもつというような誇大妄想からさめた人間でもあります。人はみな天才の思想を借着しているだけのことで、どれを借りるかという選択の自由を、自分の個性の発揮であると錯覚していることが多いのです。そしてそれが「青春」の特徴でもあります。だから、こうした錯誤からさめて自分の知性をたより仕事を始めた人々は、子どもから大人になったのであって、そういう人たちが学生運動から去っていったのは当然のことでした。

トロツキストとよばれていたかれらが去ったあと、学生運動には知的荒廃がひろがりました。所詮他人のものにすぎない思想と理論の断片を臆面もなく身にまとい、この衣裳の相違によって分派をつくって抗争している現状が、その知的荒廃の帰結であるといえます。そしてこの荒廃は、ゴールディングの『蠅の王』にみられるような、無秩序と無制約の自由のなかで子どもたちの集団に起る荒廃と同じものなのです。

学生運動はいまや大人の政治運動の一環であることを止めて、子どもたちの欲求不満と劣等感を正当化するための、流行の形式となっています。かれらは、悪いのは自分ではなくて「体制」であり、自分が劣等であるのも「体制」が競争を強いたことの結果である、というふうに考えることに慣れて、なんとなく「反体制」運動を支持する気分になっています。こうして、自分をなによりも「体制」の犠牲者と考えたがる人間は、じつは「体制」なしには存在しえない人間で、まさに「体制」内存在というべきでありましょう。現在の学生がこういうものだとすれば、それはトインビーの用語法でいう「内的プロレタリアート」の典型だともいえます。

それでは、この学生=プロレタリアートは、「体制」を破壊してどんな「体制」をつくろうというのでしょうか。それはいっこうに明らかでありませんが、かれらが潜在意識の底で求めているものは、かれらに黒シャツか制服を着せ、かれら劣等青年を親衛隊として優遇してくれるような「体制」ではないかと推察されます。そしてそれこそ、あのヒトラーが実現してくれた「体制」にほかならないのです。学生の騒動になんとなく共感をおぼえるという人は、一度自分の心のなかをのぞきこんでいただきたいものです。わたしなら、そこにヒトラーを呼び求めている心理のメカニズムをみます。

一方学生運動の社会的効果という点からみるとどうでしょうか。学生運動はマスコミのためにあります。断じてその逆ではありません。学生騒動のニュースはお茶の間の正義を掻きたてたり、人々をマッサージして欲求不満をしずめたりもしますが、なんといっても最大の効果は、それが人々をうんざりさせ、秩序に対する感覚を鈍磨させることです。なにをしても許されるし、それを抑えるものもない、という放恣と無力の感覚は、確実に、ある来たるべきものに好都合な条件を準備する。その来たるべきものというのがヒトラーなのです。

そうすると、スチューデント・パワーなるものは、ヒトラーの露払いとしての意味をもつ、ということになりますが、こういうことをいうわたしなどは、「体制」の側の声を代弁する「犬」ということになるのでしょうか。しかしわたしがいっているのはまことに簡単なことで、もしもスチューデント・パワーが「体制」を破壊して混乱状態をつくりだすことに成功したとき、この混乱の収拾を引受けて権力を握る意志も能力も子ども（学生）にはないとすれば、この任にあたる人間はだれか、という問題なのです。それがレーニンではなくてヒトラーであるという可能性を、わたし自身は確信をもってしりぞけることができません。

子どもが、子どもであることに欲求不満を抱き、なにをしても許される――このことを昔は「泣く子と地頭には勝てぬ」といいました――無制限の自由を要求して、しかも大人がこれを抑える自信を失ったとき、ヒトラーが出現するにちがいないということは、すでに紀元前四世紀にプラトンがいっています。

現在子どもたちの抱いている欲求不満と劣等感とは、どんな新しい「体制」によっても癒されないものです。というのは、子どもたちは、戦後の教育の結果、人間は絶対的に自由かつ平等であるべきだという幻想にとらえられているからです。ところがどんな「体制」のもとでも完全な自由放縦が許されるわけはなく、また人間には優劣があるということも厳然たる事実ですから、自由平等の幻想に固執できるのは、大人になるまえの大学生活四年間のことにすぎません。

学生運動にはすでにみたような社会的意義はあるにしても、これに参加することで、個人の内部の貧寒とした空疎さを埋めあわすことはできません。わたしは、他人とつながって、あるいは衆をなして、なにかをする以外に生きることを知らないような人間を信用しないことにしています。また、そういう人間のほうも、わたしのことばを理解する耳をもたないことでしょう。しかし最後に老婆心からつけくわえておきます。大学がつまらないところだと思うなら、学問をする意志も能力もない人は大学なんかに来ない自由がありますす。自分を知り、この自由を行使して、職人か百姓になる人のほうをわたしは尊敬します。

（明治大学新聞１９６９・１・12）

なぜ小説が書けないか

これは一般論と受取ってもらってもよいし個人的弁解と勘繰ってもらってもよい。本当のところは一読者の立場からの感想である。近頃、近頃の小説に対する拒絶反応が激しくなって世間で評判の小説を評判になっているからという理由で読んでみるだけの好奇心もなくなったので、この症状を自己流に診断しているうちに、そもそも今日、小説を書くというようなことは無理なのではないかとの仮説が頭に浮び、標題の如き問題を論じる気になった。以下の妄言はこの問題に対する解答のつもりである。

第一。恆産あり恆心ある人間が少くなった。家を建てるために、あるいは建てたために働き、商売に追われ、我が子を一流の学校に入れようと追いたてている人間に精神の生活はない。誰もがそういう人間になった時、その人間の生活の外面を克明に描いたものは、読者をうんざりさせるか、よくて「身につまされる」思いをさせるかである。しかしそのことなら、テレビ、劇画、映画にして見せた方が余程効果的で、事実、近頃の大学生までは原則として教科書と受験参考書以外の活字を読まない。

第二。マイホームと称する家屋はあったとしても「家」がない。山崎正和氏が『不機嫌の時代』で指摘しておられるように、江戸末期の澀江抽斎（しぶえちゅうさい）の「家」は周囲の社会に対して開かれた家庭であり事業所兼社交場でもあったとすれば、今日の、特に勤め人の家庭は動物の巣である。男は社会から逃れてこの私的空間に帰り、幼児にかえる。女は巣の中で育児に専念する。家庭小説と称してこういう男女の関係や心理を微に入り細に入って描かれると読者はうんざりする。小説というものは、男女を問わず、「公」と「私」にまたがって行動する人間、あるいは社会的人間を活躍させることによって成立する。

第三。私的生活は似たりよったりの人間も、やっている仕事となると多種多様に専門化していて、他人の仕事のことは皆目（かいもく）わからない。小説書きもその専門化した仕事の一つで、芸能界と学者の世界との中間あたりにある。文士または「文女」は、例外を除き勤め人や役人や代議士や百姓の生活を知らない。娯楽小説の専門家なら、そんなことは知っているふりをして書く。「純文学」ではそんな不真面目は許されないらしく、知らないことは書かない。従って自分及び自分の見聞きした範囲のごく貧弱な世界のことだけを書く。これは似たような生活をしている仲間にしか面白くない。仮に自分の知らない銀行家や医者の生活をよく調べて書こうとすれば、「助手」の報告書や資料を右から左へ流用するしかなくなり、そういうことなら何も小説に仕立てなくても気の利いた調査研究や評論を読めばるかに面白い。

よいし、またもっと大がかりな集団作業でテレビドラマにでも仕立てたものを観る方がは

第四。文学、というのは小説のことでそれもさしあたり「純文学」雑誌に載るようなものであるが、これを志す人間にまともな人間はいない。ここでは何がまともかを定義することはしない。「まともでない人間」の例として「純文学」に志すような人間を独断的に挙げてみたまでであって、この種の例ならばほかにも枚挙にいとまがない。未成熟のままにとどまることが何か特別の誠実さの証であるかのように考えるという、これまた未成熟な精神の特性からして、「純文学」者は、行動せず、認識せず、第一から第三までの問題の正体にも気付かず、不安や不満や怨念といった気分を後生大事に描く。それも、骨格のしっかりした文章の書けないことを逆手に取ってできるだけおかしな文章で書く。あるいは幼児的視点からひたすら細密な描写を目指す。まともな読者がこういう遊びに付合っていられないと思うのは当然のことで、寛大にもこのお遊びの場を提供してくれるいくつかの雑誌がなかったら、こんなものは金を払って本を読む人間の目に触れることもなかったはずである。

以上は「純文学」に関する議論であることを断っておく。ということは逆に、「純」の字の付かない文学や通俗小説などと蔑視されているもののなかには読めるもの、少くとも読めば金を払った分だけは面白いものが数多くあることを意味していて、「純文学」なる

不思議な小説を識別する決め手になるのは、この退屈で読め「ない」、面白く「ない」という消極的な特徴なのである。「人間の魂の深奥をえぐった」式の積極的な取柄があるかのように思うのは錯覚にすぎない。

そこで今日、歴史小説から推理小説、SF、ポルノ小説に至るまでの大人にも読めるよく売れている小説があり、大人になるまでの人間が「青春」という不安定な時期に読む風俗冒険小説風のもの、ヒッピー小説風のもの、世の中を黒眼鏡で眺めた趣向のもの等々があり、あとは文学全集にはいっている昔の小説、これですべてである。これ以外の型の小説で読んで面白いものがありうるだろうか、と考えてみたところ、以下のようなものが頭に浮んだ。

第一。ある観念の体系やイデオロギーを小説の形式を借りて表したもの。だがこれはその観念なら観念を普通の散文で展開すればよいことで、余計な廻り道である。第二。荒唐無稽な話で何かを寓意するもの。これについても同様の疑問が浮ぶ。第三。いわゆる大河小説。しかし時代と社会と人間とを堂々と描きあげたという超大作が読者を圧倒するのはその途方もない分量のせいであって、小説で歴史が描けると思うのは基本的な誤解から来ている。こんなものを読むよりは歴史そのものを読む方がはるかに面白い。第四。絶対に例のない、異常な事件や体験を書いたもの。これはそれだけである種の人々を感激させることがある。ただ、残念なことにこんな材料の入手は僥倖（ぎょうこう）にかかっている。第五。言語学的実験に類するもの。これはその方面の学術雑誌にでも発表すればよい。　第六。コロンブスの卵。これは一口では言えないが、ともかく子供がとんでもないことをやってのけて大人をあっと言わせるような小説である。　最近もこの種のコロンブスの卵が出現して御褒美をもらった例があるが、これも残念なことに一度使った手は二度とは使えないのである。文学とは無縁の、いわゆるハプニングの一つと見るべきであろう。

こうやって消していくと最後に残るのは俗にいう文章の力で読ませる小説で、中身はばかばかしくても文章が達者でつい読まされるというのではまるで詐欺師の手口である。しかし言葉を使って人をその気にさせて動かすということにかけては、詐欺は言葉の芸術の極致だともいえる。小説もそこを目指せばよいではないか。ただし、それがわかったからといって面白い小説が書けるわけではない。従って今のところ、面白い小説は書けないのである。その理由は、といわれればもう一度最初から読んでもらうしかない。

（新潮1977・1）

読者の反応

読者論を展開するつもりはないが、小説などを書く人間にとって読者とは暗闇のようなものである。小説ならばそれを読むのは婦女子と昔は決っていた。今もその婦女子の定義を広げればそれでよいのかもしれないが、私の場合、大して面白くもなく涙を誘いそうにもない小説を読んでくれる読者とは一体どういう人たちかと考えだすと、やはり見当がつきかねるのである。だから私のような作者にとって読者は闇の中にいる怪物である。その姿形はさだかには見えず、つぶてを打っても闇に吸いこまれて応ずる声もない。かと思うと不意に目の前に姿を現したりする。いずれも困った読者であるというほかなくて、こちらとしてはもっと普通の反応がほしいのである。

読者の反応には次の四つの形がある。

第一は文芸評論家または同業の小説家による書評である。これは半ば以上強いられた反応というべきもので、一般には評者が新聞、雑誌等に強いられて、また著者に多少の義理を感じる事情があって、まず多忙な時間を割いてその本を通読（または通読したことに）した上で、数枚ばかりの書評を書き、わずかばかりの原稿料をもらうという形をとる。まことに合わない仕事である。しかも書評を引受けた以上、著者に喧嘩を売って生涯の仇敵となる覚悟なしには酷評などするわけにはいかない。著者と面識がある場合はなおさらである。心にもない讃辞の一つも（心にもないなどと悟られぬように）呈しておかなくてはならない。評者のこの労を思うと、著者は評者に叩頭（こうとう）して謝意を表すべきであろう。それだけでは済まず、次に著者がかの評者の著書の書評をする機会があれば、「借り」に対して「お返し」をしなければならない。

匿名で書評をする人はこの種の煩を免れていて、思い切り悪口雑言（あっこうぞうごん）を並べることができてさぞ溜飲が下がるだろうと想像される。しかし覆面していれば恥しいところもすっかりさらけ出していっこうに恥しくないというものでもあるまい。同様に、匿名でも、評者の品性と力量は天下に顕れる。というわけで悪口の言い方も本当はむずかしい。ところが私のように同業者との付合いのない人間に対しては評者となる人も気楽に悪口が言えると見えて、中には居丈高になって非難がましいことを述べる人もある。そういう時その評者は嬉しさの余り例の品性と力量を取繕うべきことを忘れるのである。

書評で悪口を言われるのも「借り」をつくるのもいやなら、バックウォルド流の解決に倣（なら）うのが一番よい。「……ラッセル・ベイカーの新作が出るたびにわたし（バックウォルド）のところに書評が回ってくるし、わたしが本を出すたびに、ベイカーがその書評を依頼される……ベイカーもわたしもおたがいに相手をほめようという気がないので、ある取決めをした。われわれはそれぞれ自分の本の書評を自分で書いて、その原稿に相手の署名を入れて渡す。われわれが永年友人でいられた唯一の理由はこれである」（『そしてだれも笑わなくなった』）。残念ながらこの取決めをする相手には今のところ恵まれていない。

さて、読者の反応の第二の形は編集者や出版関係者の言である。この人たちも著者に向って自分の感想や意見を述べるにあたって悪口は言えない。見えすいたお世辞が言いにくいなら「面白い」とでも言っておくのが無難である。間違っても「余り面白くありませんね」などと言ってはならない。編集者が他の何某先生の評言を著者に伝えてくれる場合も同様である。褒め言葉だけを伝えるのが常識である。その点、編集者は概して良識あるフィルターであって、好評だけを本人に伝え、悪評、雑音の類は自分のところで吸収してくれるものであるらしい。少なくとも私はそのように信じて、かなり辛辣な評言を平気で洩らしたりする。まさか本人にまで聞えていることはないだろうと信じているが、聞えていたらいたで止むを得ない。それも読者の反応というものである。

読者の反応の第三の形は読者から来る手紙である。もともと私は自分の余り面白くない小説を読んでくれる読者は奇特な人であると思っている。世の中に奇特な人は多くない。わざわざ手紙をくれたりするのは奇特な人の中の奇特な人である。ところが『城の中の城』を出してからこれまでになく多くの読者からお手紙を頂いた。多いと言っても勿論文箱から溢れるほどの数ではない。しかもこれは著者から謹呈した本のお礼を言ってきた手紙も含めてのことであるから、見知らぬ読者からの反応と言えるほどの手紙の数は知れたものである。

よく本のあとがきなどに「大方の叱正を乞う」というようなことを書く著者があるが、これはそういう謙虚な姿勢を示すための極り文句にすぎないことが多く、特に小説の場合などこれを真に受けて拙い文章を添削して著者に送り返したりしたらその著者は憤死して化けて出るに違いない。従って叱正の要ありと思うような本の著者には手紙を出したりしないのが読者の良識というものであろう。

読みかけて下らないと思えば読むのを止めて著者を嗤うか憐れむかすればよいのである。自分の意に副わぬことが書いてあるからと言って腹を立てて、匿名、偽名で投書でもするつもりで口汚い言葉を書きつらねた手紙を出すなどは論外である。

要するに何が言いたいかと言えば、私にはそういう品性下劣な読者などいないらしく、私の読者は大体において良識と知性に富む、なかなか立派な人士であるらしい、ということであるが、ここまで言えば自慢話になる。

実を言うと、『城の中の城』に対しては、「キリスト教を悪意をもって誹謗するものである、あなたは神とは無縁の憐れむべき人間である、呪いあれ、禍あれ」式の手紙が舞いこむのではないかと覚悟し、かつ期待していたけれども、その種の手紙は一通も来なかった。信仰をもつほどの人は最初から私の小説など避けて読まないのであろう。あるいは間違って読んでも呪いの手紙を書いたりはしない。いずれにしても良識ある人たちであると言わなければならない。

最後に、もっとも非良識的な読者の反応とは、突然電話を掛けてきて馴々しく話をしたがるもの、最悪の場合は、著者に会いたいと言ってその肉体的存在を私の前に現すというものである。

蛇足。最良の読者とは、黙って私の本を買って読んで愉しみ、そして黙ってまた次の本を待ってくれる読者である。私自身は何人かの著者に対してこの最良の読者になっている。こういう読者ばかりなら、読者からの反応はないが、本だけは売れていく。これこそ理想的な読者の反応と言うべきではないか。

（新潮1981・7）

あたりまえのこと

今度、小説についてかくあるべしと思うことを書いた過去の文章の断片と、小説の現状を観察した文章とを一冊の本にまとめました。これは遠からず鬼籍に入る前の各方面への御挨拶のようなものです。集めた文章を読み返して気がつきましたが、結局のところ、私の場合、小説を書く時に設けている自分のルールがあって、それを基準にして世の中の小説を気むずかしく見ているという面があります。それならその自家製のルールの方をこの際御披露するのも悪くない、ということで、以下にそれを列挙しておくことにしましょう。

◇主人公は卑小、異常、陰鬱な人物ではないこと。劣等感や怨恨を抱いて生きているような人物でないこと。

◇主人公が貧乏ではないこと。貧苦の中でもがいている人間を書くことは楽しいことではありません。

◇主人公はある水準以上の仕事をし、生活をしていること。ただしその仕事は、作家、画家、宗教家、テロリストといった変わったものではないこと。
◇主人公は美男美女でなければならないとは言いませんが、少なくとも人並み以上の容姿と知性をもった魅力的な人物であること。
◇主人公はギリシアの神々と同様、道徳や世間の常識などに縛られずに行動する人物であること。不倫をして悩むとか、悔恨に溺れるといったこととは無縁であること。
◇主人公以外の人物は以上とは違うタイプの人物であっても差し支えありません。それでも、描くのも不快、読むのも不快というほどの「いやな人間」は登場させないこと。これは精神衛生上の配慮のためです。
◇「劣悪」で愚行を連発する人物も出てくる必要がありますが、「邪悪」な人物はドストエフスキーか誰かに任せることにして、登場させないこと。
◇それとわかる実在の人物をモデルにしないこと。モデル問題で訴えられたりするのはいやですから。
◇「平凡な庶民の哀歓」とか「日常生活の細かなひだ」といったものは描かないこと。こういうものを細密に描いたものは、私の基準からすれば小説ではありません。
◇独白、告白、自己分析などの形である人物の「内面」を描くとか、精密な心理分析とか、とりとめのないことを延々と書いて読者に苦痛を強いたりしないこと。小説の中の人物は発言し、決断して行動するもので、それ以外に自分の内面を外にあらわす方法はありません。

◇一人称の告白体の小説や日記体、手記はなるべく書かないこと。ただし、「哲学的探究」のためのノートのようなものなら別。

◇日本の現代の話ではあるけれども、実は「どこにもない場所」の「いつともわからない時」の話であること。

◇実在の場所を固有名詞をあげて紹介したり描写したりしないこと。

◇戦時中、戦後、世紀末といった特定の時代の空気などは描かないこと。

◇自分のことや誰かの体験を材料にして、それとわかる形で書いたりしないこと。

◇主人公の思考も行動も私が想像したものであること。ただし、その際私の経験や生活を利用するのは当然のことです。

◇その結果、できあがった小説は、魚の活け造り風のもの（そんなものは料理とはいえません）ではなく、どんな材料を使い、どうやって味つけしたのか見当がつかないような、不思議な料理になっていること。そして美味、かつ相当な毒性があること。

◇あるいは、言葉でできた大伽藍（だいがらん）か迷宮になっていて、読者がその中を歩き回って外に出た時、呆然として自分がどこにいるのかわからなくなるようなものであること。

◇あるいは、それを読むことで、複雑な対位法の音楽か、一気に演奏されるインプロヴィゼーションの音楽を聴くように時間が流れる小説であること。

◇涙腺を刺激するような書き方は一切無用。
◇できれば笑いと嗤いが両方ともあること。
◇物語は勧善懲悪である必要はありませんが、優勝劣敗の原則からは外れていないこと。
◇本物の悲劇はギリシア悲劇に任せるとして、自分の小説は通俗的にハッピーエンドであること。

以上は自分が書きたいと思っていた長篇に関するルールで、短篇の場合はまた別です。ある時期から私は、東西の古人、故人が住む冥界にしか関心がなくなりましたので、『怪奇掌篇』以後の短い小説ではもっぱら冥界の人々との交歓や冥界に遊んでは帰ってくる話を書いています。これが私に残されたささやかな楽しみでもあります。では冥界にどうやって入っていくかといえば、それは私の頭の中に秘密の通路があって……というようなことにでもしておくほかありません。頭の中にある幻想がそのまま実体のある冥界になっているという奇怪な状態は、どうやら身体のひどい異常とも関係があるのでしょう。

（一冊の本２００１・11）

第二部　倉橋由美子の小説批評

『倦怠』について

数年まえ、仏文科の学生だったわたしはアルベール・カミュの『異邦人』の文体に出会ってひどく興奮したものでしたが、最近邦訳されたアルベルト・モラヴィアの『軽蔑』や『倦怠』を読んだとき、わたしはその文体にカミュ以来の興奮をおぼえたのでした。といってもわたしはモラヴィアの文体を日本訳と英訳を通してしか知りませんので、勝手な想像の霧と誤解の雲を通してみたところを語るほかないのですけれど、モラヴィアの文体は、外国文学には珍しい、一人称で語られたレシ（物語）の文体としては、ほとんど稀有の成功をおさめているようにみえます。わたしがカミュの『異邦人』を思いうかべたのも、それが、同じ一人称で書かれたみごとな物語であったからです。

ここで少々脱線的にわたし自身のことをいえば、わたしはこれまで、《K》や《L》や《S》といった記号であらわされる変数を使うか、さもなければこれらとほぼ等価の《ぼく》や《わたし》を使って小説を書いてきましたので、本来一人称による小説のむずかしさをまだ正面から克服したことはありません。わたしが普通の一人称型を避けてしまうのは、それが単線的であるため、多次元の文学空間（かならずしもバルザック的空間を意味しませんが）の構築に失敗するおそれが大きいという理由によるようです。単線的というのは一人称小説がもっぱら認識的であるということで、この場合にも小説がこうむる致命的な制約は、意識の矢印の方向と終点は読者によくみえるにもかかわらず、矢印の始点である《ぼく》なり《わたし》なりは空白のまま残されてしまうということです。だからといって《ぼく》や《わたし》が矢を自分にむけはじめると、それはもはや自己弁明とか自己分析とかよばれる無益な作業となって、読者はその結果を信用せず、ときにはあくびを連発することになります。

さて、話をモラヴィアにもどせば、こういう一人称小説の制約に対して、かれの小説は特別の工夫をこらしているわけではなく、それはまた、フランスの《ヌーヴォー・ロマン》風の斬新さをめざしているものではありません。『軽蔑』も『倦怠』も、一見平凡な一人称の小説なのですが、モラヴィアの非凡さは、壁をみるのと同じようにして自分の内部をみることのできる《私》を発明したところにあります。よく考えてみるとこんな《私》は現実にはありえないことがわかり、それゆえに、この仕掛はまさしく小説的なのですが、モラヴィアは終始一貫して世にもそっけない口調でこの《私》に語らせます。ここにこの《私》小説の奇妙な魅力があります。『倦怠』の文体は、灰色で、石のように堅く、乾いていて、分析的で、要するに典型的な男性の文体です。わたしを興奮させたのは――といってもこれはじつは興奮とはもっとも遠い文体なのですけれども――この文体でした。

こんなにも感傷を排した文体で語ることのできる《私》はたしかに現実ばなれがしているといえますが、巧みな小説書きであるモラヴィアは注意ぶかくそんな《私》をさがしだしてきます。その《私》とは、しばしば二流の才能をもった芸術家、あるいはディレッタントであり、芸術と生活の双方に対して充分な鑑賞力と分析力をそなえているけれども、行動ということになればそのいずれについても大した能力は発揮しえない、といった型の男です。たとえば『夫婦愛』（英訳、Conjugal Love）のアマチュア作家、『軽蔑』の自称作家、そして『倦怠』では素人画家が《私》として選ばれています。

ところで、『倦怠』にいたると、この失敗の病理学的分析が、例のそっけない文体でもっとも徹底的になされています。倦怠というのはあきらかに認識の病気ですが、それは無関心の悪化したものであるともいえるでしょう。無関心とは世界のある部分に意味をみいださないことで、わたし自身も日ごろ、＊＊ニハ関係ナイワとつぶやきながらさかんに無関心を行使していますが、しかし、かりに世界全体が無関心の毒に犯されてその現実感を失ってしまったとすれば、これはただの退屈ではすまされなくなることでしょう。もはや世界になんの意味もないにもかかわらず、意識は、それが存在するかぎり、認識することをやめるわけにはいかないのです。ちょうど胃が自分の分泌液でそれ自身をとかすようなものです。これは真に恐るべき病気で、世界には絶望するに足る意味さえもないという絶望が、倦怠にほかならないということになります。ある人間が倦怠におちいるためには、『倦怠』の《私》がそうであるように、使いきれないほどの金をもっていることが必要なのでしょうが、わたしのようにこの条件をまったく欠いている人間も倦怠という病気にかかることがあります。わたしの場合、その徴候は、世界と自分をむすびつけることばを失ってしまうということで、そんなとき、わたしはもうけっして一行の文章も書けないのではないかと思うのです。モラヴィアの『倦怠』でも、素人画家の《私》は一枚の絵も描けなくなります。しかし幸か不幸か、わたしはある日突然世界から恩寵を得て、性こりもなく書きはじめることができるのですが、こうしてみると、書くことが、結果としては倦怠という病気からわたしを救いだしていることになるのかもしれません。でも、自己救済のために書く、といういいかたにふくまれているオプティミズムにじつはなんの根拠もなくて、いつかわたしの想像力に不治の進行性筋萎縮が起るかもしれないという不安は、つねに吐く息のようにわたしのなかからもれてきます。それとも、真の芸術的創造力は倦怠という病気とはもともと無縁のものなのでしょうか。

モラヴィアの『倦怠』では、さきにいったように、外と内とをほとんど同じようにみることのできる《私》がいて、壁でも描写するようにして倦怠について語ります。ただ、もしもこの《私》がいま倦怠のなかにいるとすれば、《私》がこんなふうに書くことは不可能であるはずです。そこで、『倦怠』が《私》によって書かれたという形式をとっているかぎりは、その《私》の書く行為の意味は、倦怠からの自己救済ということ以外にはありえず、また《私》がこれを書き終えているからには、いまは《私》の自己救済は完成している、と解釈しなければなりません。現にモラヴィアは『倦怠』のエピローグで、《私》に、女は《私》と独立に存在し、《私》はその存在を純粋に認識することだけで愉しい、という救済へのみちをしめしています。こうして『倦怠』は倦怠を克服しようとする人間の記録となり、にわかにモラリスト風の相貌をあらわしてきます。この解決はわたしをいくぶん失望させるものですが、それにしても、こんなにもみごとにコントロールされた《私》を使って『倦怠』を書いた作家とはいかなる人間でしょうか。かれはきっと一本の冷たい銃身に似た金属人間的モラリストにちがいありません。

（文學界1965・6）

「綱渡り」と仮面について

自分がエッセイを書くことを極度に苦手としているためか、わたしは『厳粛な綱渡り』における大江健三郎氏の幸福な饒舌ぶりに少なからず興味をおぼえました。大江氏は、たえまなく偽足をのばして現実を食べながら膨張していくアミーバに似ており、このめざましい自己膨張は、たとえば、外界のありとあらゆるエネルギー＝物質を喰って成長していくロバート・シェクリイの「ひる」を連想させるほどです。しかし大江氏はひるではありませんから世界を喰いつくしてしまう危険はなく、むしろ、社会と時代に対してつねに鋭い関心をもって反応している以上、その自己膨張活動とともに排泄されるアウトプットはあきらかに正（ポジティヴ）であり、だからこそこのようなタイプの作家は、社会と時代が要求する「新しい型の作家」に属するといえましょう。

「戦後民主主義」という仔羊の番犬を自認する山田宗睦というひとが、最近評判の『危険な思想家』のリストに大江氏を加えていないのは興味ぶかいことです。この点ではわたしも山田氏に賛成で、大江氏は敏感に吠える犬ではあっても、死の牙をもった狼ではありません。大江氏は戦後世代を代表する啓蒙家なのですから、少なくとも柴田翔氏のようにこの大江氏を志士よばわりするのはこっけいなことです（柴田翔氏『戦後世代の志士・大江健三郎』《週刊読書人》３月29日号）。

『厳粛な綱渡り』がわたしにあたえた感銘は、「戦後世代の志士」としての大江氏の発言とはまったく無関係なもので、わたしはなによりもこの厖大なエッセイの集大成のなかに、「学生作家」として出発した大江氏の「職業作家」への「綱渡り」をみるのです。学生作家であることはある世代を代表することですが、一方学生であることは社会を、したがって生活をもたないことを意味します。大江氏の（職業）作家への成長にとって必要なこの社会の発見と生活の獲得を、大江氏はある独自の方法で果そうとしました。たとえば、『厳粛な綱渡り』の第五部が、「ぼくはルポルタージュを作家修行とみなす」と題されているのはまことに象徴的です。そしてわたしは、この第五部をもっともつまらないと思った読者であるにもかかわらず、その勇敢なタイトルには少なからず衝撃を受けたのでした。ここで大江氏は、ジャーナリズムという強力なダンプカーに便乗して砂利を掘りにいくことを生活の代用とし、掘りとってきた現実をよく食べることで社会を発見しようとこころみています。さきのタイトルにもみられるように、大江氏は学生作家から脱出して作家をめざすためにこの方法を意識的に確立したのです。ここに大江氏の「新しいタイプの作家」としての斬新さがあります。わたしが大江氏のこの勇敢さと斬新さに感心するのも、わたし自身が同じ問題に直面しているからなのですが、生来なまけもので体力にも乏しいわたしには、ダンプカーに乗って現実の砂利を掘りにいくことを「作家修行」とみなして実行する勇気がありません。ひとはこれを怠惰の罪といいます。生活をもたず世間を知らない女になにが書けるか、せめて熱心に取材でもしたらどうだというわけです。

もちろん、大江氏が「ぼくはルポルタージュを作家修行とみなす」と宣言するとき、これは職業作家における「取材の効用」を説くものではありません。大江氏は現実を食べ、ただちにこれをルポルタージュとして排泄します。これが文学的な修行であるのは、消化――排泄の活動をさかんにしてことばの分泌機能を強化することに役立つからでしょう。見聞した珍奇な事実を次の小説の材料として利用するといったことは、トリヴィアルな効用にすぎません。

そこで大江氏のことばのトレーニングあとに残ったエッセイとは、要するにおびただしい排泄物の山なのですが、わたしがそれになんらかの魅力を感じるとすれば、当然そのユニークな文体に対してであって、排泄物がふくんでいる結論や提言の内容に対してではありません。とりわけ第五部のルポルタージュのつまらなさは、それがもっぱら「世代」の感覚すなわち「学生」の眼でみられ、書かれているからで、このような感覚がすなおに行使できること自体、まさに「学生」の特権でありましょう。この同じ感覚のもっと野暮な持主であるらしい柴田氏などとちがって、わたしは大江氏の歌いつづける（と柴田氏いうところの）「新憲法的歌声」にはかくべつ共感をおぼえない横着者です。わたしにとって興味ぶかいのは、大江氏のエッセイの文体なのです。ここには、大げさにいえば、これまでに日本語で書かれたどんなエッセイにも似ていない（そのかわりにノーマン・メイラーに似すぎているのは気になりますが）ユニークな文体が確立されています。その小説の文体と同様に、欧文直訳風の強引さで結合される形容詞と唐突な副詞、そしてやはり欧文調にねじられた文脈などによって、挑発的な、しかし和解的で軽く柔軟な饒舌の文体。もっとも、大江氏のエッセイの文体にはこのあとのほうの特徴に加えて硬質の観念体系の欠如からくる平明さが支配的なようにみえます。とにかくこの文体の暢達（ちょうたつ）さは、エッセイを書くことに異常なほど難渋するわたしにはまことにうらやましいかぎりです。おそらく、こういう文体を確立した大江氏にとって、エッセイを書くことは、演奏家が自分の楽器を鳴らすように愉しいことにちがいないと思います。大江氏は現実をのみこんで酔っぱらうことができ、ほとんどしゃべるように書くことができ——実際、大江氏にお会いしてみますとその話す文体が書く文体とまったく同じであることに驚かされます。そしてこの場合、書くようにしゃべる不自然さは、ある程度大江氏の裸の自己を隠蔽するのに役立っていますが、逆に、しゃべるように書かれたエッセイの自然さは、もっぱら大江氏の自己表現に奉仕しているようです。わたしはかくも抵抗なしに自己について語ることのできる文体というものに、羨望と興味を感じないではいられません。といえば、じつはこの裏には小説という形でしか自己表現できないと信じているわたしの、頑強な不審がひそんでいるのです。

小説を書くとき、わたしは、「ある日Kは……」というふうに始めながらわたしのなかのかれと交信するのですが、エッセイを書こうとすると、わたしはなまの顔がぎっしり並んだまえにひきすえられたかのようにぎごちなくなり、不手際な自己韜晦（とうかい）をこころみるばかりです。他人のなまの眼を感じたときからわたしのことばは死んでしまいます。わたしにはエッセイの文体で自己表現することはできません。いや、エッセイの文体で表現できる「わたし」なんか、そもそも存在しないというべきでしょう。存在するなら殺すべきです。わたしにとっては小説だけが表現の方法なのです。

ここでわたしは仮面ということばをとりだし、そのうしろに身を隠してしまえばよいわけですが、いま少し自己表現ということにこだわってみれば、それはなんとも曖昧で始末におえない行為です（現にわたしが書いているこの文章もふくめて）。柔く傷つきやすい自己を露出して現実のなかに挿入すること、これが大江氏流の自己表現で、わたしたちは一箇の充血した自己をつきつけられることになりますが、この自己から分泌されることばは、傷つきやすい自己を保護するとともにあらわにし、現実に対して攻撃的であると同時に共犯者であるという曖昧な性質を帯びてきます。結局のところわたしはこのような型の自己表現のこころみに対して、自己の位置と速度とを同時に測定できないという不確定性原理に縛られたようないらだたしさを感じないではいられません。もしも大江氏がその自己表現において、膨張運動よりも仮面と化すことのほうに徹していたならば、わたしたちは中空に浮んで動かない月のような仮面をみることができ、そのうしろに暗黒の自己を確認することができたでしょうけれど。また、一方には、他人を動かすこと、つまり敵に対する加撃の有効性に賭けるという意味で政治的であることをめざすエッセイがありうるとしても、大江氏がこの型の成功したエッセイを書いているとは思えません。政治的なエッセイは、リングのうえで敵を殴り倒してみせる技術と同じです。そしてこれは本来自己表現とは無縁の行為です。敵を殴りながら、なぜ殴らなければならないかを観客に説明し、殴り倒されれば相手がフェアでないことを観客にアッピールし、年齢とともに贅肉のついてきた意味までも観客に納得させようとしてしゃべりまくるボクサーがいたとしたら、わたしたち観客はそのこっけいさに失笑し、かついらだつことでしょう。いずれにしろ、自己表現に熱心な大江氏が政治的エッセイストでないことはあきらかで、たとえば「強権に確執をかもす志」のなかの大江氏は世代の携帯用スピーカーを手放せない啓蒙家の役割をつつましく果しているにすぎません。

さて、話を仮面のことにもどせば、大江氏の「綱渡り」に対するわたしのいらだちは、ついに堅固な仮面がみつからないということに関係があります。仮面とは、くらやみがこちらの世界にむけてかぶっている形で、仮面をめくってその裏をみると、そこには死の思想が血のようにこびりついているはずです。ところで、大江氏の場合、この死の感覚はほとんどつねに欠落しているようにみえ、そのことはたとえば死や悪に出会うことなしに性について語るという一見奇異な（それゆえにユニークでもある）思考方法にもみられます。しかしこの死の欠如こそは、大江氏やわたし自身の世代の特徴なのです。戦争に「遅れて」しまったという感慨や「冒険」や「アフリカ」への憧れの身ぶりは、大江氏が死を発見しようとする欲求の、無自覚な、ひどく迂回したあらわれではないでしょうか。

大江氏がその「綱渡り」の途中で世間から誤解の弾丸で狙撃されて墜落する危険はあるかもしれませんが、もちろんこれは大江氏自身の危機とはなんの関係もないことですし、墜落という芸もふくめて、世間は結局このあまりにも正直な作家の「綱渡り」を寛大な眼でみまもることでしょう。大江氏は、そのエッセイによる自己表現の結果、饒舌のエネルギーに泡だつ感動的な文体にもかかわらず、隠された死の毒をもたない作家の仲間入りをしてしまいました。おそらくこの理由のために、大江氏の小説の愛読者であるわたしも、大江氏のエッセイのよき読者になることができなかったのでしょう。

（文藝１９６５・６）

青春の始まりと終り——カミュ『異邦人』とカフカ『審判』——

高校時代のわたしは、受験勉強のあいだに、というより受験勉強のつまらなさから逃げだすためにたくさんの小説を耽読したものでした。しかし「青春」とよばれるあの異常に輝かしいくらやみのなかの太陽と結びついた一冊の本がどうしても思いうかばないのは、わたしの「青春」が高校時代にはなく、むしろ大学時代にあったからだろうと思います。高校時代のわたしは、たぶん知識の養分を吸ってすなおに成長しつつあった一本の植物にすぎなかったのでしょう。わたしが若い動物に変り、恋をすることを知り、わたし自身の「ルネッサンス」を経験したのは大学にはいってからなのです。そこでわたしは大学時代に出会った二冊の本をあげたいと思います。

ひとつはアルベール・カミュの『異邦人』。仏文科の学生であったわたしは、フランス文学と名のつくものならなんでも手あたり次第に読んでいましたから、小さい文庫本の『異邦人』に出会ったのもおそらく偶然だったのでしょう。真夏のアルジェの海岸、砂と海と太陽、そのなかで響きわたる銃声、理由のない殺人、裁判の進行に対するムルソーの拒絶と無関係、そして不条理の観念。こうしたものの魅力が、田舎の高校でもっぱら「教養主義」的読書をしてきたわたしの内部を、はげしく灼いたのでした。ついでにいえば、この『異邦人』にかなり近い意味をわたしにとってもっている映画として、ゴダールの「勝手にしやがれ」やルネ・クレマンの「太陽がいっぱい」をあげることができるでしょう。これらはわたしがその後何度も読んだ本であり、何度もみた映画なのです。『異邦人』は最近中村光夫訳が出されましたが、この高名な評論家はわたしの大学で『異邦人』をフランス語のテキストにして名講義をしておられました。わたしもその講義に出て、あてられるたびに珍訳迷訳を披露したものです。

もう一冊の本、フランツ・カフカの『審判』に出会ったとき、そしてカミュとカフカがわたしのなかで結婚したとき、わたしは自分の「青春」を小説に表現する方法をみいだしました。そして『パルタイ』という小説を書いたのでした。でも、あのカフカの迷路に似た異次元の文学空間にひとつの「青春」が吸いこまれてしまったということは、考えてみると奇妙なことです。普通の人間にとって、カフカの世界ほど「青春」の光輝や熱気と縁遠いものはないでしょう。カフカの小説ほど「青春の書」から遠い本はないでしょう。それは小説書きという悪い病いにとりつかれた人間のための聖書で、しかも書くことを生きることのすべてにしようとこころみる人間（カフカ自身はそうでした）の、いわば原罪に似た意識なしには、ほとんど共感しえない世界かもしれません。とにかく、わたしにとって、「青春」の終りとは小説を書きはじめることでした。それは二十五歳のときで、わたしはやっと恥にみちた遅い「青春」を閉ざすことができたのです。

（三一書房刊『私の人生を決めた一冊の本』１９６６・４）

坂口安吾論

1

坂口安吾はひとに愛される作家ではないようです。愛してくれるものたちをもたない作家は忘れられます。安吾がいなくなって十三年、ひとはとっくに安吾のことを忘れてしまいました。わたし自身も、安吾が死んだのは焼跡の瓦礫(がれき)のうえを「白痴」や「堕落論」という彗星が飛び去った、そのころであろうと思いこんでいたのでした。ところが安吾はそれからさらに十年近くも生きていて、おびただしい仕事をして、それも苦がい汗を流しつづけたというだけのことをして、ついに脳溢血で死んでしまいました。ずっとまえに世を去った太宰治のほうは、いまだに異様な親衛隊につきまとわれていますが、坂口安吾にはそういうものはありません。しかし太宰ファンの存在自体が太宰治の死を証明するものにほかならないので、というのも、かれらがめいめいの精神の床下に棺を隠しもっていて、蓋をあけると死化粧をした太宰治の顔があらわれる、という種類の溺愛が成りたつためには太宰治は死者でなければならないからです。安吾の場合にはそういうことは起りません。

かれはただ死んでしまったのであり、死んでしまえばなにもない、死んだらそれでおしまいだと安吾がいっていたのは、生き残った人間の態度でもあるのです。安吾は愛されず、したがって死後になまがわきのミイラを残すこともありませんでした。だから、いまさら安吾の遺体を発掘してなにになるのかという声がきこえてきます。縦から横から寸法を測りなおしてその文学的可能性の大きさをたしかめようというのも、いささかあさましい魂胆につながります。

坂口安吾が愛されない理由ははっきりしています。安吾の文学は、太宰治のそれとはちがって、性的な構造をもっていないということにつきます。太宰の場合、文学（小説）とは他者との精神的媾合の関係そのものでした。かれのことばは精神の恥部をめざす愛撫の手であり、読者は恥――わたしにはそれは精神の性感であるように思われます――の火を燃やしながら太宰治を愛してしまうのです。（つまり太宰の文学はひたすら読者を女性化するためのもので、その意味では太宰治ほど男性的な作家はいないでしょう。）作家が愛される秘密は、かれのなかの「おまえ」の恥部を愛撫することにあります。この本能をそなえている作家の文体にはあられもないいやらしさがあり、したがってまさにその理由でかれは確実に愛されるのです。

わが安吾にはこの資質が欠けています。安吾の文学は、純粋な精神の運動の軌跡以外のなにものでもありません。ひとは、曲芸荒わざのたぐいをみせられたり唄をきかされたりしますが、いずれにしてもこれは性的誘惑とは無縁のものです。わたしたちはいわば精神の体操に立ち会うことになります。

安吾が戯作者を志したのなら、それは意識して性的誘惑とは無限にへだたろうとすることです。それは自分が他者（世界）と危険な関係にあることを自覚した人間がとる知的な態度であって、他者を笑わせたりよろこばせたりすることは他者から愛されることを拒絶していることによってなりたっています。したがってわたしもまた、愛を拒絶している人間の文学を愛する必要はないわけで、そうなれば、太宰ファンのように、自分の愛人のどこがすばらしいかをめんめんと語るといった非文学的な努力を批評の仕事と錯覚するおそれもないわけです。わたしはひとりの他人として安吾の精神の運動について語ればよいということになります。

2

安吾も、その精神の運動をおこなうためには、翼に逆らう物質を必要としました。どんな軽い鳥も真空を飛ぶことはできませんが、また逆に（あるSFに出てくるような風変りな惑星の世界では）鉄の鳥が地中を飛びまわることも不可能ではないでしょう。安吾は時代と風俗の泥をその翼で掻いて飛びまわることを好みました。

その場合、安吾が相手にした時代なり風俗なりは安吾の体操の手段にすぎませんでした。

この関係はまことに明快で、いまさら誤解を生じる余地はないといえます。たとえば安吾は時代の毒にあたって病んだり、病むことをもって時代の証人になろうとしたりする作家ではありませんでした。（この点で安吾は戦後幅をきかすようになった「知識人」のカテゴリーには属さないようです。）無頼派とよばれ、大酒を呑み、睡眠薬で身体をこわし、生活が乱雑をきわめたところで精神の衛生状態には関係のないことです。かれが四十八歳にして斃（たお）れたのは、時代の毒がかれを犯したからではなくてかれが時代を相手にはげしい体操をやりすぎたためでした。疲労はつもって筋肉を硬直させ、やがてはどんな按摩にも揉みほぐせない石の如き贋の筋肉が肩に盛りあがったといわれています。明らかに危険な徴候でした。安吾はこの疲労を認めようとはしませんでした。自己の体力に自信をもつあまり、かれは働きつづけて弁慶の立往生のようにして息絶えたのでした。これは事故に似た自殺です、自分に嫌気がさして猟銃の引金に足の指をかけて脳髄を爆破するのと、むちゃな体操をつづけて頭の血管を破裂させるのと、男の死にかたにはこの二つしかないようですが、安吾の場合は結果的には被害者の死という様相を呈したとみられてもしかたがありません。

なんとも腹立たしい、くやしい死にざまだと思います。（きけば安吾は「安吾新日本風土記」を書くのに土佐の高知に出かけて帰ってきたところだったそうです。土佐くんだりまでなにしに行ったのか、土佐はわたしの生まれたところですが、みるべきものなんかなにもないのに。）しかし男の死にかたとはもともとこういうものなのかもしれません。くだらないことを夢中でやっている最中に頓死。なぜもっと身体を大切にしなかったか、といいたくもなりますが、もうあとの祭です。

だが安吾の死にかたはやはり安吾にふさわしいものでした。生き長らえて、老衰のうちに死を待ちながら、日々是好日。こんなことは安吾にはふさわしくありません。「死んだらおしまい、生きているのがいいのだ」と安吾はいっていたそうですが、べつに矛盾はしないでしょう。「死ぬ、とか、自殺とか、くだらぬことだ。負けたから、死ぬのである。勝てば死にはせぬ」（「不良少年とキリスト」）。これも矛盾はしていません。安吾は生きることがすべてだといっていたので、生きていて、ある日頓死すればそれはしかたがないのです。要するに、死という観念をオモチャにすることを安吾は拒否していたのであり、これは日本人のあたりまえの態度なのでした。

安吾のエッセイはすべて、この日本人という中心に還る運動をあらわしています。世相につかみかかったり蹴とばしたりする、あの一見奇矯で乱暴で無頼じみた運動は、結局のところみごとな重心の安定を示すということに終始していたのです。そしてそれ故に、いまにして思えば安吾の発言は正論であった、あまりにもあたりまえのことであった、というやや曖昧な共感が「堕落論」その他を包むことになります。しかしこのような正論説には用心してかからなければなりません。安吾の重心は人間の本質といったものに一致していたというより、日本人のヘソにあたるものに一致していたのだということをみきわめたうえでなければ、正論であるとかないとかの議論はほとんど意味をなしません。

そこで、「人間が変ったのではない。人間は元来そういうものであり、変ったのは世相の上皮だけのことだ」とか、「人間だから堕ちるのであり、生きているから堕ちるだけだ」と安吾がいうときの「人間」を「日本人」と訂正して読むならば、「堕落論」がひとつの「日本人マニフェスト」にほかならないことがわかります。なにしろここでは日本人というものがそのまま肯定されていて、堕落といってもそれは生きることであり人間の自然の性状にしたがうことにほかならないというのは、まことに日本人らしい考えかただといわなくてはなりません。

敗戦で日本人がその重心を失って右往左往していたときに、この重心回帰のマニフェストはたしかにマニフェストたる衝撃力を発揮することができたようです。やがて知識人のあいだでは、「非日本人マニフェスト」の白旗をかかげて日本人が日本人であったことを原罪であるかのように恥じ、かつ鞭打つことが流行となったのを考えれば、安吾のマニフェストはめざましいものでした。そして、このマニフェストは結局勝利をおさめたのです。当然のことながら、日本人は日本人であることをやめはしませんでした。日本人は堕落しました。いや、日本人は開闢（かいびゃく）以来堕落していたのです。戦後の日本は繁栄し、知識人だけが無力な犬として吠えつづけるとそれもまたこの国ではみいりのよい商売として認められるほどに天下泰平な国になりました。こうしたなりゆきのなかで、安吾はかれがなにより も嫌っていたインテリ犬どもに喧嘩を売ることもなく、あの巨軀をどてらに包んで日本の まんなかにあぐらをかいていたわけでした。

前世紀の「コミュニスト・マニフェスト」は現実世界の陰画として存在しない世界を指 示しましたが、安吾のマニフェストは存在するものの肯定でありましたから、その存在が ぐらついていた敗戦直後という特別の時期に声を発したのちは、存在そのもののうちに吸 いとられてしまうほかありませんでした。

安吾の声は日本の世相という泥のなかからきこえつづけていましたが、それはかれの精 神がエッセイという形で泥中を飛翔することをやめなかったからでした。ただしこの鳥は、 日本の現実の内と外に同時に存在することはできませんでした。あるいは日本を鳥瞰する 他者の眼をそなえてはいませんでした。

わたしは「日本文化私観」や「国宝焼亡結構論」を結構だと思います。ここにあらわれ ている日本的プラグマティズムは日本人の体質的なものであり、日本人は何千年来この体 質を利して外来文化と独特の関係を保持してきました。そこで、「和魂漢才」とか「和魂 洋才」といったことばが頭に浮かびます。これはやっかいなことばですが、わたしのみる ところでは、みずからを他者に似せることを他者との関係の基本とすることが、すなわち 他者への指向性そのものが和魂なるものの正体であって、和魂という玉を求めてのぞきこんでみてもそこにはなにもない。和魂を認識する視点をけっして形成しない形で洋才を指向するのですから、日本人は、日本人自身を認識しないことを得意とすることになります。伝統との関係がはっきりしないことなど、いっこうに苦にもならないわけです。

「即ち、タウトは日本を発見しなければならなかったが、我々は日本を発見するまでもなく、現に日本人なのだ。我々は古代文化を見失っているかも知れぬが、日本を見失う筈はない。日本精神とは何ぞや、そういうことを我々自身が論じる必要はないのである」(「日本文化私観」)

これは戦時中に書かれた文章ですが、この日本人は日本人についてなにも認識しないと宣言することで、まさしく典型的な日本人であることを示しています。このような日本人が、戦争に負けて変るわけはないので、安吾にしても、他者の眼で自分の内部をのぞきこむという操作を身につけたようすはありませんでした。そうなると、戦争というものがかれにとって日本人を豚やニワトリなみにした自然の災害とはちがったなにものかであったかどうかということもわからなくなってきます。

安吾が戦前戦後を通じて日本人であることに変りはなくて、同じ声を発しつづけてきたということは、わが国の知的な人間のなかにあっては稀有のことであり、それだけでも安吾は知識人の汚名を免れてよいといえましょう。しかしその声は風の声と変りません。そこにわたしたちはあるエネルギーの運動をたしかに感じることができます。ただしかれの放ったことばのなかに認識の鍵を探してもむだです。というのは、風の声を相手にプラトン流の対話を始めるわけにはいかないということで、わたしたちはただ全身を風にまかせてその声をきくほかないのです。

安吾はそのようなエッセイを書きました。だが散文が認識の車輪として働くには、(安吾は拒絶しましたが)「美しい花がある。花の美しさというものはない」という文体から出発する以外にないように思われます。そしてこれは安吾の性に合わないことでした。

3

よくいわれることですが、坂口安吾のロマンには成功したものがないということになっています。ここで小説とはどういうものであるかをいわなければ、それが成功したも失敗したもないのですが、いわゆる近代小説ということなら、以上書いてきたところですでに答のヒントは出ているようです。

小説がなぜ小説になりそこねるのか、イカーロスからライト兄弟までの飛行家たちはなぜ墜落したのか。空を飛ぶためには流体力学の法則に従わなければならないように、小説がことばの集まりとして、持続するエネルギーをになうためには、ある力学法則に従わなければなりません。つまりはことばをどう使うかという問題ですが、そういっただけでは散文一般のことになり、問題を小説に即して考えるには、そこで「他者」という変数を手がかりにするのが有益かと思われます。

ことばを使うということ自体が「他者」にかかわる行為なのですが、公衆のまえでしゃべったり、手紙を書いたりする場合の他者ははっきりしていて、この他者との関係も単純であるだけに、ときによってはほとんど他者の存在を忘れてことばを使うこともできます。だが日記を書くあたりから他者との関係は微妙なものになってきます。日記のなかでひとにはいえないことを告白しようとするとき、書き手のまえに奇怪な影があらわれ、するとことばはこの他者に向かって動き、かれの力に対抗しながらひとつのことばによる空間をつくってしまう――いや、これはすでに小説の話にはいっています。そして書き手がこのような自我剝離的な他者をみいだすかどうかも問題であって、普通のひとは日記を書きながらこんな奇怪な状態には陥らないのでしょう。だが他者をみいだすことのできた人間なら、ここで、実際にはなかったが可能なことを、つまり嘘を書くことによって、他者を極とするこの空間をちょっと歪めてみようという誘惑に身をまかせるのはごく自然のなりゆきです。あとはこのことばの空間にどのような形をあたえるかということがすべてとなります。この作業はそれ自体がひとつの探求であって、ここにはさまざまの発見がありうるので、それに応じて作者の名前つきの小説が存在することになります。そこで坂口安吾の小説というものがあれば、それが十九世紀のだれかの小説と同じパターンに属さないから小説になっていないなどということはもちろんできなくて、問題は右のような操作で小説空間がつくられているかどうかということにかかっています。つくられているならば読者はあの他者が占めていた位置をあたえられて、たしかにひとつの空間の存在を感じることができるでしょう。そして読者はこの空間のなかで生きて、たしかにべつの時間が流れることを知ります。

安吾の小説はしばしばこのような構造を欠いているようにみうけられます。勿論安吾が他者一般あるいは読者を意識しなかったはずはないので、それはかれがみずからを戯作者と規定しようとしたことなどをみてもわかりますが、しかし他者がいてそのまえで講談を——安吾は講談を好んだそうです——語っても、そしてそれが同時に「自己表現」であったとしても、それだけでは小説の空間を形成しないのです。小説は、さまざまな声色でおもしろおかしく語られる自己表現というような単純素朴なものではなく、小説家とは、おそらく、あの「他者」にみいられてこれを攻略するためにことばを使い、しかもそれが同時に新しい小説の方法の探求にほかならないような、ことばの技師でなくてはなりません。この種の人間に必要な情熱は、あるいはきわめて病的なものかもしれません。安吾は小説家であるにはあまりに健康すぎたのかもしれません。かれは（「教祖の文学」でもいっているように）まず人間として生きることを欲したのであり、かれが憑かれていた生きるという観念を追求することと、小説を書くという行動とは、不幸にして一致しなかったともみられます。

カフカのように書くことと生きることがひとつである人間や、ヘンリー・ミラーのように、書くことが生きることの一部をなしていて、よく生きることとよく書くこととが正比例の関係にある人間もいて、かれらはまことに幸福な文学者ですが、ここに、書くことと生きることはべつのことで、書いているときは生きていないような人間がいたとすれば、かれにとっては自己表現ということさえ余分の行為となるでしょう。いいたいことはあるがことばを使うのに時間をついやすこと自体が耐えがたい。一瞬のうちに、すべてを表現する魔術はないものか——このいらだちは、ことばを表現の手段としか信じられなくなった人間のものです。このようないらだちと、ことばの酷使が安吾の晩年の作品にはみられるようです。

4

戦前の「吹雪物語」は安吾の失敗したロマンとして引きあいに出されます。しかしわたしは安吾の小説のなかでこれを好きなもののひとつに数えたいと思います。

通説によると安吾は矢田津世子（つせこ）との失敗した恋愛から立ちなおるために「吹雪物語」の執筆に没頭したといわれています。これがほんとうだとして、またその小説がいわゆる近代的リアリズム小説をめざしていたとすると、これは失敗に終るほかなかったことは明らかです。実生活において、恋人という他人と近代的な個人対個人の関係をむすべなかった——というふうに推測されます——人間が、小説のなかで突如「近代化」をなしとげて問題を解くといったことはとうてい期待できないからです。

近代小説には、何人かの「個人」が登場して、たがいに関係しあいながら力学法則のようなものに従って動いていくことになっています。ここで個人といってもそれは抽象的なアトムというだけのものではありません。たとえていえば、ハードボイルドの卵みたいに、白身の部分と黄身の部分とが截然と分かれていて、外側に充分厚くて強靱な社会的自我が、内側に暗黒の自我があるという二重構造をもった人間が個人なのです。大事なのは、この白身の部分が形成されていること（つまりは近代社会ができあがっていること）、その反面として暗黒部分の存在がはっきりと意識されていること、です。西欧の近代社会も個人主義も、このような個人を前提としています。日本の現代文学にはこういう意味の個人も近代社会も存在しなかったので、作家は外国の文学から学んで個人を創造するほかなかったのですが、そういう例として、堀辰雄などの名が浮びます。菜穂子や節子は日本の現代文学のなかで個人として存在した最初の女で、それだからまた小説のなかで他の人物に対して他者ともなっています。

そこではっきりしているのは、作家自身が白身と黄身の未分化状態にあるかぎり、近代小説は書かれないということですが、しかしこれは、日本には近代社会も個人も存在しないから近代小説は書けないということではないのです。事実上日本は近代社会の一種であり、日本人はある層まで近代的な個人として生きていることも否定できないことです。だがこれを認識する方法が文学の側にないかぎり、それは存在しないにひとしいのです。そして日本の現代文学が個人の存在に気づくのも、もっぱら家の崩壊（共同体の分解）といった面においてで、ここでは個人はまだ、この崩壊がもたらした怪物としてみられているにすぎません。ところが近代小説のなかではこの怪物いや個人が動きまわっていて、もちろん動かしているのは小説家なのです。しかも、個人というものが黄身・白身の二重構造をもっているおかげで、かれらは相互に制約し依存しあいながら自由独立であり、この条件さえあたえられていれば、小説のなかのかれらはあたかもかれらだけで生きていくようにみえ、したがってここにひとつの自己完結的な世界が存在することになります。しかしくりかえしていえば、そもそも、作者自身が例の二重構造をもっていて白身のほうを剝離する操作ができなければ、あるいは白身が仮面であることを意識することができなければ、なにごともはじまらないのです。

安吾がいわゆる「仮面紳士」型個人でなかったのは坂口三千代さんの『クラクラ日記』などをみてもわかることで、安吾もまた日本の文士によくある、白身を欠いた人間でした。このむき身人間は、他人とむき身を接するか、殻をかぶるか、このどちらかの型の人間関係しかもつことができません。しばしば安吾は、人間とはなんと退屈なものだろうといらだっていますが、この退屈といらだちは、みずからのかぶった殻の感覚にほかなりません。そして、人間というものがかなしかったりなつかしかったりするのは、むき身から分泌される他者へのあこがれなのです。いずれもハードボイルド卵型の人間には無縁のものだといえます。

「吹雪物語」の人物たちはいずれも安吾自身と同じ構造の人間であって、白身を欠いていることが次第にわかってきます。そうなると、安吾の観念の投影にほかならない人物が、いくつかの楽器の如くそれぞれの音を発しているにすぎないという様相を呈してきます。人間がこれほど隔絶しあっている小説も珍らしいのですが、これはたんに白身の欠如からくる、人間関係の不成立にすぎないので、これは孤独などということばを使うことは（安吾はさかんに孤独とか孤独児といったことばを使っています）、ことばの誤用ではないかと思われるほどです。

「吹雪物語」が近代小説にならなかったことについてはこれ以上いう必要もありませんが、高低さまざまの安吾の声がきこえるだけで肉体をもった人物の存在しないこの小説のなかに、存在するただひとつのものは、冬の新潟であり、あるいは日本海です。ビュトールのL'Emploi du temps のブレストンやイヴリン・ウォーの Brideshed Revisited のオックスフォードと同じように、「吹雪物語」の新潟も存在していて、それは、「窓の外へ目をやると、水中へ沈んだ街にいるようだ」という一行からも冬の新潟があらわれてくることでわかります。また、「……荒れ果てた海がとつぜん眼前にひらけていた。暗い空が海へ落ち、そして海をひどく小さなものにしていた」というあたりの文章や、「秋がくると卓一達は小鼠のように松林を走り、砂丘の頂上へぬけでると、そこから海へくだってゆく茱萸藪の中へもぐってしまう。荒れはてた秋の海を藪の中から覗きながら、茱萸の実をもいで食べて、やがて便秘を起したものだ」といった文章を読むと、そこに暗い海があり、砂丘があり、風があって、記憶が輝いていることを疑うことはできません。そしてそのためにわたしはひとつの小説を読んだということを納得します。

だがこれ以後、安吾の小説のなかにはこのようなものも存在しなくなりました。ただ安吾の声がきこえ、風の如き精神の動きが感じられるだけです。

5

安吾が「吹雪物語」においてついに近代小説を書かず、それを断念してしまったことを裁く権利はわたしたちにはありません。安吾は、自分の性に合わぬことを執拗に追求するには正常な日本人でありすぎました。かれの小説について語るためには、近代小説の空間のイメージではなく、むしろ音楽とむすびつけるのが適切です。唄うこと、これが「白痴」以後の安吾の小説の方法でした。

「私はだから知っている。彼の魂は孤独だから、彼の魂は冷酷なのだ。彼はもし私より可愛い愛人ができれば、私を冷めたく忘れるだろう。そういう魂は、然し、人を冷たく見放す先に、自分が見放されているもので、彼は地獄の罰を受けている。ただ彼は地獄を憎まず、地獄を愛しているから、彼は私の幸福のために、私を人と結婚させ、自分が孤独に立ち去ることを、それもよかろう、元々人はそんなものだというぐらいに考えられる鬼であった」(「青鬼の褌を洗う女」)

たとえばこんな文章は、ひとつの唄以外のなにものでもありません。これが女の声でないとしても、それは能で女の声色が使われるわけではなく、丸山明宏の「ミロール」が女の声色で歌われるわけではなくて、しかしそれがまぎれもない女の歌になっているのと同じことで、また、「わがままいっぱい、人々が米もたべられずオカユもたべられず、豆だの雑穀を細々とたべているとき、私は鶏もチーズもカステラも食べあきて、二万円三万円の夜会服をつくってもらって、然し私がモーローと、ふと思うことが、ただ死、野たれ死、私はほんとに、ただそれだけしか考えないようなものだった」という唄をきけば、古いブルースの一節をきいているような気分になります。

けれどもこのような唄う方法は、まえに述べた、「他者」を組みいれる操作という点で本来単純すぎますので、唄は唄でもそれが小説にならないおそれが大きいのです。たとえば、正体もない酔っぱらいの歌は気恥しい。いや、歌手でない人間の歌をきかされることがすでに気恥しい。つまり他者がいなかったり他者との関係が曖昧であったりするような場でひとが自分を露出するのをたまたま目撃するのは、耐えがたいことであって、きくに耐える歌も読むに耐える小説も、まずいかにして他者にそのような思いをさせないような関係を設定するかという意識的な工夫がなければ、成りたちません。

ここで、安吾自身は退屈だからみたくないといっていた能のことを例にとれば、舞台に立ったことのあるひとの話によると、能面をつけるのはこの仮面の裏の暗黒の無のなかに自分の顔が吸いとられることであり、橋懸り（はしがかり）のむこうの舞台はべつの世界に一変し、謡う声ももはや自分の声ではなくなるといいます。そこではじめて、観客は仮面の声をきくことができます。唄う形の小説の場合も同じような条件がみたされなければならないはずです。能なら直面（ひためん）の能もありますが、小説にはかならず仮面が必要であって、他者という仮面をつけること、カフカによれば「わたし」が「かれ」になること、これが小説の秘密なのです。

この仮面にはさまざまな形がありえても、それを表からみることができるのは読者すなわち現実の他者だけで、小説家はつねに面の裏側からその形を感じるほかありません。そして本物の小説においては、作者の顔は仮面とひとつになっていて、仮面を剝（は）がせば血だらけの鬼の顔があらわれるにちがいないということも信じられます。たとえば「桜の森の満開の下」はそういう小説になっています。しかしほかのいくつかの小説で、安吾は仮面をつけ忘れたり、途中ではずしたりしているようです。

6

挫折とか失敗といったことばをわたしは好みません。それはいかにも線的な考えかたで、その線が中途で消えたのを引きのばしたり他のどこかへつなげたりするのは、文学史のつじつまを合わせるためには必要かもしれませんが、そうした駅構内のポイント切換作業のようなことは、文学の仕事とはあまり関係ないように思われます。安吾は安吾で終ったのです。かれは近代的リアリズム小説を書かず、安吾流の小説を書きました。それをアンチ・ロマンとよぶことは、それが意識的な近代小説の破壊作業を意図していない以上、できなくて、また超近代小説とかヌーヴォー・ロマンなどとよぶのも線的な考えかたにとらわれすぎます。ともかくそれは(小説になっているかぎりでは)非近代小説の一種であり、現代の日本の小説であることだけはたしかです。

これから小説を書こうとする人間が、安吾や、あるいはその他の比較的新しい死火山をながめるとき頭に浮ぶ疑問のひとつは、現代の小説を書くためにはまず近代小説を書く必要があるのではないか、ということでしょう。勿論、その必要はないとわたしは考えています。必要なことは小説を書く人間が、自分のなかの「他者」を操作できるような二重構造をもった「個人」であるということです。そうでない種類の日本人が書く小説が日本の現代小説といえるものを形成するかどうかはあまり信用のできない話だとすれば、過去のそういう作家の書いたものをかりに線でむすんでみても、現代文学の伝統というものができあがるわけではないことも明らかだといえましょう。

（冬樹社刊『定本坂口安吾全集２』１９６８・４）

英雄の死

私事にわたるが、その日私は家にいて、昼まえ、というのは三島氏がまだ東部方面総監室にいたころ、私服刑事の訪問を受けていた。用件をさだかにしないまま、この刑事さんは玄関の板の間に玩具をひろげてままごとをしている私の子どもの相手をしたりして、いっこうに帰ろうとしない。無論私はまだ事件の発生を知らず、かりに知っていたとしてもそのことで警察が私の動静を探りにくるなどとは思いもよらぬことで、察するに多分また赤軍だか中核、革マルだかが騒動でも起したのだろう、と思っていた。というのは赤軍派による日航機乗取りの際にも刑事さんの来訪を受けたことがあったからで、これは学生のほうが、何を血迷ったか私を自分たちの運動に共感と支援を寄せてくれるはずの人物のひとりに想定していたのを警察が探知したからであるらしかった。つまり学生も警察も不勉強というほかなくて、私がどういう人間であるかは私の、大した数でもない雑文のいくつかに目を通すだけでわかる。しかし警察のほうはさすがにその後勉強が足りて、逆に足りすぎていたらしく、三島氏の事件に際して早速私のところにも私服刑事を送りこんできたのだった。それでいまになって思いあたるのは、過日私がA新聞のインタヴィウに答えて、自分がもし男だったら楯の会に入るのに、と発言したことである。これが警視庁の精密な記憶装置にでもとどめられていたのだろうか。勿論、警察がこんなたわいもないことで動いたと想像するほうこそ子どもじみていて、本当は私の想像を絶した遠大にして緻密な意図をもって私のところに私服刑事を派遣したのかもしれない。いずれにしても事あるごとに警察官の来訪を受けるのは悪い気持ではなくて、自分も何だかimportant personになったような錯覚をおぼえることとは別に、ともかく用心がいいことだけはたしかである。

私服刑事が具合悪そうにぐずぐずしているうちに、今度は十二時過ぎ、単車にまたがった制服警官がやってきた。いよいよクーデターでも勃発したかと胸をときめかしていると、この警官は、私が何も知らないでいるのを不審に思ったのか、「本当に知らないんですか。死んだんですよ」といった。そんなふうに主語を省略していわれたとき、私が途方にくれてようやく考えついたことは、せいぜい主人が交通事故でも起して死んだのかという程度のことであって、間の抜けた話であるが、ニュースを知らないでいる人間にしてみれば止むをえない。警官は呆れたようで、「お宅では昼間はテレビを見ないんですか。いまテレビでやっていますよ」と教えてくれたので、うちの主人がテレビに出るような死にざまをするとは、よほど大それたことをしでかしたのだろうと、あわててテレビをつけてみた。

そのときちょうど、フジ・テレビが現場からの中継をやっていた。私ははじめて事件を知り、総監室の床のうえに二つ並べておかれていたものを見た。警官たちは私がうろたえている有様を見とどけると安心した様子で引上げていった。

くだらない私事をながながと書いたのは、これが私たちの生活というもので、かりにクーデターや大地震が起ったり宇宙人が襲来したりしてもそのとき私たちは食事をしていたり洗濯物を干していたりしてこれを迎えるほかないということをいいたいためだった。それが食事や洗濯のかわりに国会で演説をしていたり深刻な小説を書いているのであっても同じことであり、政治家の公務や作家の執筆が何か生活とはかけはなれた立派なことであるわけではない。そういう生活の最中に三島氏の事件が起ったのは文字通り白昼白刃が閃(ひらめ)いたことであって、それで生活は切断される。それを切断とは感じない人の場合は、芥川龍之介の『首が落ちた話』のように、斬られてからもと通りにくっついた首を胴にのせて生きていくだけのことである。肉を切った鋼(はがね)の一瞬の通過は、それをなかったものとして生きていこうとしても、いつ何時この首をぽろりと落すかもしれないような種類の現実であることは間違いない。そしてこれは、私たちが現実と呼んでいるものの軟弱さに対して鋼の堅さをもった現実であり、私たちが行動と呼んでいる曖昧なものに対して太陽のように明晰な行動であって、この二つの言葉は本来こういうことのためにとっておかなければならなかった。そこで気がつくのは私たちが最低の、かつもっとも薄い意味でしか言葉を使わなくてすむところに生きているということで、この充分堅固であると思っている世界を、たとえば地中を鳥が飛ぶような具合に切り裂いて走るものがないかぎりそのことに気づきもしない。この超鳥（スーパーバード）の話はSFに出ているが、要するに土よりもはるかに密度の高い物質でできた怪力の鳥であれば普通の鳥が空気中を飛ぶように土中を飛べるのはあたりまえだという説明がついていた。三島氏がその超鳥に匹敵する肉体と意志の持主になっていたこともここで思いだしておいたほうがよい。ともかくそういう鉄製の鳥が私たちのなかを切り裂いて飛んだとすれば、最初の刃物の比喩にもどっても同じことで、三島氏のあの行動によって私たちは白昼突然斬られたことになる。しかしまたこれが勿論比喩でしかないことについてはあとで述べる。

三島由紀夫氏にあのような死にかたをされたときの私には茫然自失という極り文句で形容される以外の状態になることはできなくて、つまり口もききたくなかったから、例によって早速感想なり意見なりを求めて電話をかけてくるマスコミという怪獣のお相手をするわけにはいかなかった。こちらがうろたえていて何もしゃべれないからということよりも、これは人が亡くなったときであり、みだりにしゃべるべきではないということだった。何かいうとすれば哀悼の意を表するだけである。それ以外の発言はことごとく礼に反する。しかしそういうことが寝言にきこえるほど例の怪獣の棲息する世界はきびしいところらしくて、多くの人が多くのことを書いたりしゃべったりさせられた。なかには弔辞とは思えない発言も多かったが、当節、葬式に出かけてまで自分の宣伝をやりかねない人間がいることにあまり驚いてもいられない。たとえば、「そうですね、彼の死は結局……」などと、終始眼尻を下げて薄笑いを浮べながらテレビでしゃべったりする人間や、死者に唾を吐くようなことを書く人間がいても、これを抹殺することはできない以上、私たちは我慢して生きるほかない。

また我慢してであれ何であれ私たちが現に生きていることは間違いなくて、死んだのは三島氏なのであり、その死が氏自身とともに私たちを斬ったといってもそれはやはり比喩にとどまる。生きている人間たちが生きていく都合上その死を適当に処理するのは、情ないことではあるが止むをえない。そんなことは三島氏も承知のうえだったので、生き残った人間は死んだ人間の遺体とともにその行動と死の意味を解剖し、解釈の糸で縫合したうえ、都合のよい場所に埋葬し、これまた都合のよい墓碑銘を刻むことで、死者に対するあらゆる権利を行使する。これは、三島氏の場合のように死にかたが異常であった場合、生き残った人間の側の自己防衛の努力ともみられる。斬られたのが比喩のうえのことであるにしろ現実のことであるにしろ、とりあえず傷口をふさぐことに専心しなければならないのである。そのために言葉が分泌される。じつに多量の言葉が分泌されて、傷口をおおい、出血を止めたのだった。恥も外聞も忘れて言葉をそういう自己防衛のために使わなければならない人間も何人かはいて、その人たちが三島氏の行動を非難したり否定したりするのに懸命になっている正直さは許されなければならない。恐怖が大きすぎて沈黙を守っていられないとき、弱い犬には吠えることしかできない。

幸運にも、そうやって悲鳴に似た声でしゃべらされる羽目には陥らなかったが、私自身も弱い犬であることは確実である。しかし今度のことでそれ以上に思い知らされたのは、私が男ではなかったということで、いうべきことはそれにつきるかもしれない。三島由紀夫氏がしたことは、女には絶対にできないことなのだった。本当のところをいえば、男のなかにもあれができる男がいるとは考えてもみなかった。これは時勢が変ってあんなことのできる男がいなくなったというような俗見の適用範囲に三島氏をも含めていたことを意味して、この無知は三島氏に対して恥じて謝すべきことであると同時に、男、あるいは人間について適当に高をくくって、見るべきものを見ていなかったことをまず自分に恥じる必要がある。三島由紀夫氏の日ごろの言動を一種の冗談だとして受けとっていた人は多いはずで私もその一人だった。そういうとき、私たちは高をくくっており、つまりは根本的にふまじめなのであって、三島氏のお説はもっともで自分も大体それに近い考えかたをしているという気になって安心する。これは言葉を使い、したがって自分の思想を形成することを仕事にしている人間にとって致命的なふまじめさであるというほかない。自分が使うことばを信用しないで何か思想らしいものをつくるというのは、一体どういうことなのだろうか。これは冗談とかおふざけとかではすまされないことになるはずであるが普通はそれですんでいる。言論、表現、思想の自由なども、主として言葉をふまじめに使う人間にその権利を保障してやるためのものであるかのように考えられている。そういう人間は、日本国憲法はあなたがどんなことをいおうとそれをただいうだけならあなたの生命を保障していますよ、といわれても格別侮辱を感じないのかもしれない。これに対して三島由紀夫氏は言葉をまじめに使い、思想を組み立ててその頂点に死しかなければ死ねる人間だった。その死も、自分の言葉に酔ってのことであるとか、自分で築いた言葉の楼閣のうえでの演技にすぎないといった説明ですませてしまう人間がいて、この連中にはもはや救いがない。この種の人間はつねに、自分にはそれをする気も能力もないが、という条件法で自分の思想と称するもの、というより叶わぬ願望や愚痴や恨みを語っているのであって、ここでこの種の人間に絶対できない「それ」というのが割腹して死ぬということなのである。三島氏は単純に定言命令だけで自分の思想を組み立てていた。その頂点には汝死すべしという命令があって、その言葉が行動になった。

これが少くとも女にはできないことであることだけは繰返しておく必要がある。女が言葉をまじめに使ったとしても、その言葉は自分の体から産み落した子どものようなものになるか自分の手で編んだ編物のようなものになるかであって、その頂点において行動、したがって死に到達するような性質をもつことはありえない。それでたとえば手編み風の物語をつくりあげることが女の本性に合った仕事になっている。その女の立場からすれば、男が、女の力ではどうすることもできないことを実行して死んでいくのを見せられたとき、ただかなしむことしかできない。ヘクトールがアキレウスに討たれて死んだときのトロイアの女たちもそうだった。そのなかでもアンドロマケーは、あるいは三島氏の夫人はどうだっただろうか、というとき、私たちは英雄の妻のことを考えはじめているわけで、叙事詩や悲劇のなかにしかいなかったこういう女の気持を想像したあとでは、弱くて貧しい市井の男女の愛とか恋とかを小説に書いたりするのがひどく憂鬱になる。

　英雄や天才が本来女とは別の人間に属するものであることを知るのに何も三島氏の死に俟つ必要はなかったとしても、その次に、三島氏が単に男にしかできないことをしたのにとどまらずそれが英雄とか天才とかにだけ帰せられる行為であったという事実が残り、これを認めるものにとってはもはや男か女かということは問題にならない。かりに私が男であったと仮定して、三島氏が生きて死んだのと同じように生きて死ぬことが私にできただろうか、と考えてみることはほとんど意味をなさない。答は仮定とは無関係に否であって、私は三島氏のような人間、あるいは超人間ではないのである。その確信にもとづいて、私は三島氏のために天才という称号を使うことができる。これまでは世間でも氏に対して鬼才とか秀才とか不正確な言葉が使われていた。ことに三島氏の本業は文学でボディ・ビルや剣道や楯の会その他のことは文士としては奇を衒いすぎた冗談、という程度に見られていた以上、その不正確な称号も氏の文学の仕事に対してだけ使われていたといえる。これはおかしなことで、じつはひとりの天才がいたのだった。今日この言葉は、だれかを指して「あの人は神だ」というのとほぼ同程度の抵抗なしには使用されなくなった廃語のひとつであるが、天才が存在するならばあえてその言葉を使用しなければならない。それもIQの高さについてだけでなく、その人間の全体について使用する必要がある。もっと喜劇的な響きを誇張したければ、やはり廃語のひとつである「英雄」を使ってもよいが、いずれにしても凡人を超える大きさをもった人間があらわれて凡人にはできぬことをして死んだとき、それが天才であったことを認めると同時に自分たちがどの程度の人間であるかを悟ることが、凡人に望みうる唯一の美徳である。そして情ないことではあるが、ともかく生き残り、長く生きることで夭折した天才を凌ぐことが凡人に許された唯一の特権でもある。できるかぎり長く生きること、その量の問題が重要だとカミュがいったのはどんな文脈のなかでだったかおぼえていないが、私たちがいまこの言葉を楯にとって、死ぬことではなく生きることが問題なのだと三島氏にいってみたところで、自分が欲するように死ぬことのできた天才にとってそれはほとんど耳を藉すに足らぬ言葉である。まして、三島氏の才能を作家としての仕事の枠内でしか見ることができない同業の人間たちが、三島氏の死によって物を書く才能がひとつ消滅したことを惜しみ、生きていてさらによい仕事をしてもらいたかったなどというのをきくと、三島氏が同業者たちとのおつきあいにつくづく厭気がさしていた気持もよくわかる気がする。三島氏が文学の仕事に行き詰ってあのような行動に走ったという説にいたっては論外である。こういう人たちは自分が作家であるということを何か人間であることを超えた特別の資格であると考えているのだろうか。おそらく人間も国家もすべて文学のためにあるということであるらしい。三島由紀夫氏というひとりの天才がいて、常人を超える生活をして、そのひとつにすぎなかった文学の仕事に関してはもうなすべきことがなくなったと感じたとき、私たちはこの天才の壮烈な死を黙って見ているほかなくて、またそれが弱くて凡庸な人間の側の最高の礼節というものである。ひとつの稀有な文才の消滅を惜しむのはよいが、生きていればまだよい作品が書けたのにといういいかたには、金の卵を生む鶏の死を惜しむのに似たけち臭さがある。三島氏の作品がもっと多ければそれだけ日本の文化遺産だか何だかの量がふえるのに、というのがそもそも俗悪な考えかたなので、三島氏がその行動によって示したのが、文化とはどういうものであるかということなのだった。

こうして明治以来百年のあいだに何人とは出なかった日本人の天才を失ってみると、その少数の天才のなかで、たとえば文学なら文学の仕事に手を出した者がいかに少かったかということが改めて実感される。文学が男子一生の仕事とはみなされなかった事情がここでもうかがわれて、これまでのところ、頭も身体も弱い人間の、その弱さや病気を売物にした文学が文壇では主流を占めていた。そういう芸に関しては一種の才能をもっていた文士が昔玉川上水で情死した事件があり、これはいかにも弱者の文学の伝統にふさわしいことだった。三島氏が日本の近代文学につきまとっているこのアリストクラシーとは正反対のものを軽蔑しつづけて最後にはすっかり愛想をつかしていたことは確実であるが、愛想をつかしてしまえばあとは晴朗な気分になって、文壇とは関係のない死にかたをすることができた。三島氏が楯の会の青年たちと風呂にはいっているときその他の、要するに文学以外のことをしているときの顔は、四十代の男の顔とは思えぬ晴朗さで輝いていて、曇りのない眼というような形容はこの三島氏の眼に使わなければならない。男ならこういう男を敬愛しないのは間違いであり、女でさえそれがわかる。ギリシャ人の伝説に出てくる英雄たちが愛されたのもおそらく三島氏の顔や身体にそなわっていたほほえましい高貴さのためだったと思われる。その英雄や天才が卑小な人間に愛想をつかすのは当然の特権であって、これは病める人間が陥りやすい人間嫌いなどとは全然別物である。私たちの敬愛は、三島氏が「おまえたちは阿呆ばかりだ」と思っていたことで損われる性質のものではないので、三島氏は大声でその思っていることをいえばよかった。阿呆は自分以外の人間をすべて阿呆だと思っている、などと歯切れの悪いことをいった芥川龍之介（鬼才とか秀才といった言葉はむしろこの人にふさわしい）の場合とは違うのである。とにかく、そういう境地に達していた天才ならば、あとは阿呆に対しても礼儀正しくふるまい、晴朗な顔をして憤死するだけだった。

昔から日本では三島由紀夫氏のような人があんなふうに憤死すれば神になることになっ

ていた。ここで神というのは英霊のもうひとつ先を考えているのであって、ユダヤ人が発明した神などとは無論関係がない。日本人がユダヤ人の神を何か普遍的で高級なもののように考えるのは滑稽なことである。日本人は昔から三島由紀夫氏のような人間の霊を祀り、それにつながってその先にあるはずのものを拝んできた。三島氏はみずから死んでそういう神と化す以外になかったのである。

ここまで書いてしまえば三島氏の冥福を祈るとか極楽往生を祈るとかいう気は起らなくて、神になったものに冥福も往生もない。三島由紀夫氏の死についていうべきこともこれにつきる。

（新潮・三島由紀夫追悼特集1971・2）

吉田健一氏の文章

こちらの都合上死なれては困る人がいる。吉田健一氏もその一人で、しかもその筆頭だった。吉田氏の書いたものを全部読むことにしていた読者が肝腎の書いてくれる人を失ったわけで、今後新しく書かれる文章を読む楽しみはなくなった。栓を抜くといくらでも葡萄酒の出てくる魔法の樽が、ある日突然からっぽになっているのを知ったようなものである。まことに困ったことであるが、魔法の樽にも自分の都合があったのだろうから、こちらの都合ばかりを言ってみても仕方がない。

この数年、出てくる葡萄酒はいつ飲んでも同じ味がした。それで安心して飲めて、飲むといい気持になり、どういう味がするかを穿鑿(せんさく)することも忘れてとにかく酔う。あとになってあれはどういう味だったかときかれても思い出せないので、吉田健一氏の言葉を借りればそれは上等の葡萄酒だったに違いなくて水のような味がしたとでも言うほかない。飲むたびに同じ酔い心地がそれを教えてくれる。

この上等の葡萄酒と同じ性質の文章を書いたのは吉田健一氏をもって嚆矢とする。これが今後流行するということが意味をなさない以上、魔法の樽はやはり空になったと考えるほかなくて、それならば改めて本邦唯一と言ってもよい。そして日本語以外の言葉を使って真水の味がするほどの酒に近い文章が書けるとは思えないので、この本邦唯一は事実上世界唯一である。しかしこれは吉田健一氏は一人しかいなかったという当り前過ぎて言っても仕方がないことを言ったに過ぎない。例えば鷗外の史伝の文章は苦い味のする薬酒で、吉田健一氏の葡萄酒を飲むように飲める性質のものではなかったが、それも文章である。この文章を書いた鷗外も一人しかいなかった。そこで比較を続けるならば誰かの文章は強烈な芳香を放つ酒で、誰かのはどぶろくで、誰かのは発泡性の清涼飲料水で、また誰かのは野菜の搾り汁で、といったことはいくらでも言えてそのうちにわけがわからなくなる。問題はそれが飲むに耐えるかということで、文章ならばその人が書くものをすべて読む気になれるかということである。あるいは同じことであるがその人の前に読んだ文章がまた読めるかと言ってもよい。上等の酒なら適当な時を距てて何度でも飲める。そういう性質の文章が今日どれだけあるだろうか。それを考えてみると先程の本邦唯一が今少し別の意味を帯びてくる。

吉田健一氏は強いて分類すれば随筆とか雑文とかになる文章を沢山書いていて、それがいろんな出版社から組合せを変え題を新たにして出てくるのが特徴だった。勿論こういう例は他にも多いが、よほど魅力があって古くならない性質の文章でなければできないことである。吉田健一氏の新刊の本を読んでみるとどこかで何度か読んだ気のする文章が何篇もはいっていることがあり、それが出版社に言わせれば編集あるいはブレンディングに工夫を凝らし装を新たにして出した本だったことがわかる。しかしそれで前に読んだ文章が退屈で読めないということにならないのが不思議である。そこが上等の酒か何かに近いということで、これは一度飲んだ酒だと言って怒るのはどうかしている。そのまま読んで多少懐しい気がするが、そのうちに初めての文章を読んでも同じ気分がして、これも以前どこかで読んだような文章だと思いながら読む。とにかく吉田健一氏の文章を読めばいいのである。酒に中毒ということがあるように、文章にもそれがあるのかもしれない。

しかし普通は文章、つまり散文というものは酒でも美味な水でもない何かであることになっていて、例えばそれは人類の歴史が階級闘争の歴史であったり、考えることで自分が存在したりするという「真理」を主張するための言葉の排列だと思われている。あるいは情報とか知識とか呼ばれる有益なものを伝えてくれる手段であるという考え方もある。そこへ行くと読んで面白くていい気分にしてくれる文章などはもっと低級なものだということになるのだろうか。するとその代表格は昔は女子供が読むものだった小説であって、小説でもないのに何となく面白い文章などは漫談か冗談に分類されるのだろうか。

この種の考え方には物を食べるのは栄養を摂って健康を増進するためで味などは二の次

という類の実用主義が含まれている。実用を重んじること自体は結構だとしても、しばしばこれは妙な方向に昂じて、美味であることは邪道でありそれ故吉田健一氏のように「如何にも旨そうで又事実それが旨い」などと連発する人間はエピキュリアン、つまり怪しからぬ人間だということになるのでは、そう考える人のために気の毒な気がする。文章も何か有益な知識を伝えるためのものでなければならないとすれば、生の材料が豊富に詰めこまれたものほど有難いことになるので、これも自然食を信奉する考え方に通じる。実は美味求真の徒をもって任じているいわゆる食通も、食べものや料理の仕方、食べる作法等々についてこうるさい知識を問題にすることにかけては文章に栄養のみを求める実用主義者の同類なので、そういう食通向きの文章を吉田健一氏はただの一つも書かなかった。

文章を読むのがもっぱら情報とか知識とかのためであるなら、高校生の受験参考書には相当な分量の知識が満載されており百科事典にはその数百倍もの知識がある。一年分の新聞を集めるとさらにそれを上回るかもしれない。最近はこの厖大な知識の中から珍しいものを見つくろって軽く味付けしたものを供する学者も出て来たので、その種の知識を材料にした文章は今流行のスナック、つまりあちら風駄菓子と同じように気軽につまみ食いされている。しかしこういうものをつまんでいくらか腹の足しになったことで知的生活とやらを送った気分になる人間がいるとすれば、知識に調味料を振りかけたスナックではない酒とか葡萄酒とかがあり、それに当る文章があることを改めて指摘しておくのも無駄ではない。少くともこちらは材料が醱酵して化学変化を起したものである。

吉田健一氏の文章に知識がないように見えるのも生のままでは残っていなくてすでに酒に変じていることを示している。学者とか専門家とか言われる人の文章ではまず手持ちの知識を並べ、時には必要以上に並べたてたこの知識を材料にして正確な推論や議論が行われる。ここでは材料が酒なら酒に変る途中も大切なので、この過程に終始付合うだけの煩に耐える専門家だけがその文章を読む。勿論吉田健一氏は専門家ではないので専門家向けの論文も学術書も書かなかった。それで酒造りの途中はその文章から抜けていて、読者の前には上等の酒だけが出てくる。

この流儀が信用できないと言う人のためには鹿爪(しかつめ)らしい評論というものがある。それには念が入ったことに文明評論、文芸評論、政治評論から食べものの評論まであって、いずれも学術論文ではないので酒造りの途中のところは省略して酒だけを出す。それが吉田健一氏の酒と違うのは、この評論という文章では出した酒について手振り身振りを混えてのうるさい講釈がついてまわることである。これが余りうるさくなるとむしろ目的は酒ではなくてそれを種にして自分を宣伝することにあるのではないかという気がしてくる。つまり評論家とは「ぼくは」、「私は」を連発して自分を見てもらうことに汲々としている人間のことであって、吉田健一氏がその反対の人間であることは、その文章に「私は」がいくつ出てくるか試みに探してみればわかる。普通の日本語では「私は」を言う必要はほとんどないはずなので、この原則を守っていた吉田健一氏はもっとも当り前の日本語の文章を書いたことでかえって異彩を放っていた。それに「ぼくは」、「私は」を連発することは余程の田舎者でなければ恥しくてできないこともある。

こうして普通の日本語で書かれた文章が、繰返しになるが知識の説明でも事件の報告でも専門家の論証でもなかったとすればそれは一体何であったかということになる。アランの言い方を借りると、吉田健一氏の文章は一行一行が右のようなものを省いた判断であって、その積み重ねが『時間』や『余生の文学』になっていると言えないだろうか。『埋れ木』から仮名遣を吉田氏自身のものに戻して普通の文章を引用する。

「……主人と召使といふのも一つの由緒ある関係でそれなりに仕来りがあり、これはその関係にあるもののそれぞれにその格式、又同じことながら特権があることであつてこれが守られてゐる所に一家の平和があつた。」これは一つの判断である。これを読んで同意できるならば理解できたということで、先へ進める。しかしこれだけのことをこう言ったのではわからないとすれば、くどくどと例を挙げたり偉い人の言葉を引いたりして説明してくれる通俗的な人生論の本がここで必要になるのだろうか。

一つの判断にどれだけの分量の知識や体験が関係しているかを言うことはできない。普通は自分が持っているそういうもののすべてを動員して判断が行われるので、読者にも同じことが要求される。こうして一歩一歩判断を追っていくことが大儀または不可能であるという人には、吉田健一氏の文章もアランのプロポもひどく難解な寝言であることになる。そこには、子供には大人というものが理解できないのと同じ事情が働いている。こう言えばその子供に当る人に失礼だろうか。話は逆で、一定水準の知識も体験もない子供が大人は理解できないと言って非難する方が失礼なのである。吉田健一氏が提出する判断には、普通の大人について行けないようなものはほとんどない。必要なのは古今東西に亙(わた)る博識ではなくて常識なのである。

そういう判断を積み重ねてできあがっている吉田健一氏の文章には、また読者の歩行を易しくする論理の径がはっきりとついていて、その論理は右に引用した文章からもわかるように、英語の文章に似た構造によって支えられている。勿論、英語あるいはフランス語等々は論理的であるが日本語は非論理的で、という議論は意味をなさない。しかし吉田健一氏の文章が不明晰で軟体動物的な日本語の典型だと思う人のために、あの引用した文章が実は英文の直訳に近いことを指摘しておかなければならない。関係代名詞というものがあり complex sentence という構文があり仮定法という言い方がある英語の文章になじんだ人が日本語で文章を書き始めて一つの完成に至ったのが吉田健一氏の文章である。そのことを詳しく説明するためにはさらに何ページ分もの引用が必要になるが、それをするのは気がひける。従ってここでは説明は止めて一つの判断を示しておくしかない。

吉田健一氏の文章がいかに柔軟で力を持っていたかということは、専門家なら手を付ける気もしないような途方もない問題を平気で扱って、例えば『ヨオロッパの世紀末』という本ができあがっていたことでも証明される。これは上等の葡萄酒の働きをするに至った文章で無から有を生んだものだった。以上のようなことを書いているうちに文章が多少吉田健一氏のそれに似てきたが、勿論これは確かに署名が示す人物の文章である。故人はどこかでこれを読んで奇声をあげて笑っているかもしれない。

（文藝1977・10）

『日本文学を読む』を読む

ドナルド・キーン氏が『波』に連載していた文章が『日本文学を読む』と題して本になった。二葉亭四迷、尾崎紅葉以下大江健三郎氏まで五十人の作家が取上げられている。これがまことに楽しい読みものである理由は、キーン氏がその趣味にもとづいて率直に鑑定し、評価を表明していることにある。ミシュランの本にならって作家の名前に三つ星とか一つ星とかが付いていないのが画竜点睛を欠くと言いたくなるほどであるが、礼節をわきまえたキーン氏は勿論そんな乱暴をなさるはずがないから、ここに取上げられた作家および割愛された作家にそれぞれ星をいくつ進呈するかは、キーン氏の鑑定を参考にして各人が試みて楽しめばよい。

外国人と見れば日本（または日本人、日本文化等々）をどう思うかとききたがり、何を言われても権威ある御託宣を得た如く三嘆するのも愚かなら、外国人には所詮日本文学などわかるはずはないと決めてかかるのもおかしな話なので、私たちはキーン氏の文章を読んでその鑑定眼に信がおけることを確めれば、あとは好奇心をもってその評言を待つだけである。そして多くの作家についてキーン鑑定人の評価は当を得ているように思われるので、あとは驥尾に付して勝手な感想を述べる。

この本でキーン氏が各作家に当てている分量は多くて四百字十三枚、少くて六枚半で、簡にして要を得ている。実はこのような書き方が作家論のお手本になるのではないかと思う。大体私は一作家を論じて蛇の如く曲りくねって長く、鯨の如く規を外れて長大な文章を書く労役というものを信用しない。たかが小説書きのことではないか。そしてその小説は現に目の前にあって読めば足りる。ところが作家論なるものはそれを切取って引用しては論じ、作者の経歴や生活を調べあげてはまた作品に結びつけて論じ、最後は論者の意見を披瀝していい気なおしゃべりとなる。こういう長大な作家論だか作家研究だかが次々と出てくるのは、大学に文学部があり、文学部に国文科とか日本文学科とかがあり、そこに女子学生が集まり、その女子学生が卒業論文なるものを書かされるせいではないか。百枚、二百枚という卒業論文を書く学生が何万人かいれば、そこに引用されるための作家論が、人気のある作家ならば数十、数百となければ間に合わないわけで、その需要に応えて文芸評論家と学者、あるいはその両者を兼ねた専門家が例えば漱石論や漱石研究を続々と産出する。その結果、事実の発掘をめぐっても作品の解釈をめぐっても議論は微に入り細に入ってとめどがない。やがて労多くして収穫が乏しくなる。こうして漱石を食いつくすと蟻の大群は二流、三流の獲物に襲いかかる。そのうちにその作家の文章を読むことは忘れられ、その作家についてのおしゃべりだけが増幅されることになる。その中には勿論、その作家を引合いに出しながら実は自分自身について言いたてるおしゃべりも含まれる。

仮にこの種のおしゃべりを一切禁止したとすれば、あとには信用のできる鑑定人の、口数は少いが傾聴に値する評言が耳に残るはずであって、読者は必要ならばそれを手引にすることができる。文学の場合も、趣味に自信のある人が案内役をつとめることには無視できない効用がある。もともと文芸評論家とはそれを主たる商売にする人かと思っていたが、最近は前述の如く作家という生きた細胞に寄生して自分を顕わす以外に生きる方法のないウイルス型の文芸評論家の増殖が目立つ。取るに足りない作家に取るに足りないという判定を下さずにこれを取上げ、自分のおしゃべりの種にすることでもたらされる文運隆昌とは何かと言いたくなる。

さて、それでは小説の品質、等級の鑑定はいかにして行われるか。一流品であるための条件は読んで面白く、かつ文章がうまいことである。この「面白い」は食べものについて言えば故吉田健一氏が頻発しておられた「とにかく旨い」に当り、このとにかく旨いものがさらに料理として一流であるための要件に当るものが、小説の場合は文章がうまいということになりそうである。この文章のうまさは結局のところ天成の能力によるのではないかと思われるので、これはいわば文学的ＩＱの高さを示すものであると言ってよい。一流の歌手ならば天成の「よい声」（嗄れ声であってもよい）が必要不可欠であるように、作家の場合もうまい文章が書けるかどうかが一流か二流かの分れ目になる。努力だけではうまい文章は書けない。

明治以後の作家を見渡したところ、文章が格段にうまいのはやはり鷗外、漱石、谷崎であり、やや貧相ではあるが志賀直哉もうまい。また大いにいやらしくはあるが太宰治もうまい。戦後では三島由紀夫の文章が、あのボディビルの産物の筋肉のようにわざとらしくはあるが断然ＩＱの高さを感じさせる。これらに比べると、例えば藤村などは文章のうまさが一段落ちるので一流に伍するわけにはいかない。梶井基次郎の文章は名文だという定評があるが、あれは散文とは言えないのでここでは措く。堀辰雄の文章はフランスかぶれのベレーをかぶった文化人紳士が女性的な声でうまくもないシャンソンを歌っているような趣がある。人好き好きなので、これを好む人がいても不思議ではない。ただしあれは文学的ＩＱの高い、力量のある文章ではない。力量という点では芥川の文章にも疑問符が付く。これが戦後となると、ある作家は奇声を発しつづけて歌うような調子の文章しか書かないし、ある作家は余りにも無味乾燥な文章を書き、ある作家は酔っぱらいがくだを巻くような文章を書くといった工合で、いずれもうまいかまずいかを言うべき基準を超える。と言うことはうまいとも言えないのであろう。私が偏愛している吉田健一氏の文章は「とにかく旨くて」事実またうまいと思うが、その秘密を語る力は私にはない。

ドナルド・キーン氏は日本人が尊敬している鷗外、漱石が余り面白くなさそうであるが、この気持には同感できる。鷗外の『伊沢蘭軒』などは苦い漢方薬を毎日少量するようにして読まなければならないし、漱石の晩年の長篇はこちらも哲学青年にかえって深刻な気分を楽しむ趣味をもたなければ読めない。しかし漱石のような神経症的人間があそこまで書けたのはうまい文章が書ける天成の力量のおかげである。鷗外の文章を書く能力も想像を絶している。その力をもてあまして鷗外は史伝に閉じこもったのではないかと思われるほどである。とにかくこの二人は敗戦直後に現れた水泳の古橋、橋爪両選手の如き存在だったので、今日記録の上では二人を上廻る選手は沢山いても、この二人ほど偉大で傑出した存在ではない。私は漱石よりも『挽歌』の文章がうまいというある学者の説には与しない。それにしても文章はうまいがそれほど面白くないという種類の文学をどう扱うべきか、これは残された大問題である。

（新潮1978・2）

澁澤龍彦の世界

「澁澤龍彦氏がいなかったと仮定したら、どんなに日本はつまらなくなるだろう」と昔三島由紀夫が書いていたが、その通りで、少なくともそんな日本は博物館のない自称「文化都市」といった索漠とした世界になる。ついでに言えば、三島由紀夫のいない日本は劇場のない都市のようなものかもしれない。ただし、劇場へは芝居好きも野次馬も足を向けやすいけれども、世界中の奇怪な観念を集めて展示してある博物館、澁澤龍彦コレクションの方は、関心があって見たい者しか足を運ばないと思われる。こうして、澁澤氏については、世間の人間は愛好者と縁なき衆生の二種類に截然と分かれる。前者に対しては今更澁澤氏の世界を講釈して案内を試みる必要などないし、後者に向かって澁澤氏の魅力を説いて呼び込みをやってみたところで無駄であろう。ということは、どちらの人間を相手にする解説も無用だということになる。以下は従って、一偏愛者の勝手な独り言の類だと思っていただきたい。

澁澤博物館に出入りしてそのコレクションを隅から隅まで眺めて飽きないような人間は、恐らく、損得、正邪、美醜という遠近法とは無縁の、幼児性の平面で遊ぶことに無上の好奇心と喜びを抱く人間に限られている。勿論、澁澤氏も同じ型の人間で、ただ、見物に訪れる好事家(こうずか)との違いは、その恐るべき記憶力から来る博識と、恐ろしく解像力の高い目のレンズによる観察の明晰さにある。これによって澁澤氏は常人に真似のできない第一級のコレクターとなり、第一級の文章家となって、澁澤博物館館主におさまっている。そこで見物人は、館主の手になる明快な解説パンフレットに従って、エロティシズム、サディズム、マゾヒズムからネクロフィリアに至る「性的倒錯」、黒魔術、錬金術、玩具、オブジェ、幻想的動植物、妖怪、魔女、異端者、畸形、蠟人形化された妖人・怪人・悪女・殺人鬼、そしてそれらに関連した絵画と文学、等々を見てまわり、感嘆し、頭が変になって外に出てくる、という経験をするだけのことである。

この経験の楽しさはあくまでも観念の博物館で豊富なコレクションを眺めてのものであって、登場人物に感情移入して涙を流すような型の小説や、「思想」と称するものを掲げてうるさく挑発したり説教したりする型の評論を読んで得られるものとはまるで違っているということを強調しておかなければならない。初めにも言ったように、その種のものを読みたがる普通の読者は澁澤博物館とは縁のない人間に属するのである。つまり澁澤氏は普通の文学とも思想とも関係のないところで楽しんでいるのだから、異端の文学者、異端の思想家などとレッテルを張るのも見当外れということになる。大人の世界とは別格の、子供の世界に住む人間をとらえて、異端も反逆者もないものである。好奇心に任せて好きなことだけをしている子供をとらえて、大人の都合で反逆者や破壊者、革命家の肖像を描くのはおかしいのではないか。澁澤氏は首尾一貫したコレクター兼その解説者であって、展示物の中に密かに爆弾を忍びこませるような反体制ラディカルでもなんでもないのである。

さて、その澁澤氏がコレクションの解説のほかに小説も書いている、という事実はどう考えればいいのだろうか。

初期の小説『犬狼都市』、『陽物神譚』、『マドンナの真珠』に出会った時の印象は、澁澤博物館の迷路を歩きまわっているうちに、突然、また偶然、館内の一室で芝居を上演しているのにぶつかったような感じだった。黒ミサ風の、奇怪な儀式めいた一人きりの仮面劇、とは言わないまでも、普通の劇場で観る普通の芝居とはその性格を異にする芝居である。例によって、それは誰でも覗いてみることができるような芝居ではなく、あくまでも澁澤博物館の入場者だけを相手にした特別の催し物であり、せりふも舞台装置も話の筋もことごとく館主兼主演者の澁澤氏のコレクションでお目にかかったものばかりである。

このような性質の小説が世間一般の小説とはおよそ類を異にしたものであることは言うまでもない。例えば、人生の傷口からにじんだ感傷を味わう、といった趣向とは一切関係のない小説が、日本ではそもそも小説と見られるかどうかも疑問である。澁澤氏の小説は観念の玩具であるが、そのダイヤモンドにも似た硬さは尋常のものではない。これも凡百の小説の軟体動物的な湿った柔かさとは異質のものである。大体、澁澤氏は狼の歯をもってしなければ嚙み砕けないほど硬いものが好きらしく、その観念のコレクションもそれを語る文体もダイヤモンドの超硬度に達している。

『犬狼都市（キュノポリス）』はこの超硬度の文体で書かれた傑作である。ここにまず登場するのは三カラットのダイヤの婚約指輪であり、それを贈られた若い娘麗子は当年満二歳になるアメリカ狼コヨーテを飼い、「ファキイル」（断食僧）と名づけて愛している。その関係は、「……仰向けにねて、長い耳を両手でつかみ、獣の顔を自分の顔のついそば近くまで引きあげて、その飴色をした黄水晶のような瞳孔をじっとのぞきこむ。すると、相互のあいだに磁気作用に似た交感が起り、麗子はみずからの人間的存在がだんだん稀薄になって、かわりに彼女の根源的な生命により一層近い、獣的存在が電気のように体内に徐々にみちみちてゆくかのような、一種の陶酔に似た麻痺状態に落ちこむのであった」というようなものであるが、そうして野獣の生気を吸収して、宝石のように輝く大きな目をもった麗子は、それ自体が宝石に等しい過度に純潔な娘であり、その父親の朝倉博士も、「麗子の目をまともにのぞきこむほどの不逞をあえてしたことなぞ、ここ数年来なかった」というほどである。珠男なる婚約者が麗子にとっていかなる存在でもないことは言うまでもない。以上のような方程式が設定された上で、さてその解はどういうものになるだろうか。珠男は無事、この狼を連れた娘と結婚することができるだろうか。

ダイヤの婚約指輪が届いた夜、麗子は重層的な夢の中に滑りこんで次のような夢を見る。まず、珠男が商事会社を辞めてボーイ長になっているというホテルの食堂で、麗子はその父親、継母と食事をするが、そこで出された料理は、麗子の愛する狼ファキイルの肉であった。次の夢の層で、麗子は深夜の浴室に行く。そこでダイヤの指輪の中に封じこまれているファキイルを発見し、自分もその宝石の中に入ってしまう。この趣向はマンディアルグの『ダイヤモンド』を思わせるが、ここで麗子が「鞘をはらった焰の剣のような、するどく直立する真紅のペニス」をもった狼に凌辱されることを受け入れて愛の奉仕をするに至るのは、もはや論理的必然というべきである。この交わりの間に、狼はその一族の歴史、キュノポリス（犬狼都市）の話、宿敵たる卑しい魚族との闘争の物語を語って聞かせる（ちなみに、麗子の父親は魚の睡眠に関する世界的権威である）。

朝、眠りからさめた麗子はファキイルが突然死んだことを知らされる。

やがて、麗子は珠男と結婚する。「珠男は軽蔑されるために良人になったようなものであった」と作者はいう。麗子が生むのはどんな子供だろうか……

こういう話を、硬質の明晰な文体で読まされると、ただただ溜息を洩らすほかなくて、その時こちらの想像力もダイヤモンドのような超硬度の結晶になってしまう。想像力の悪酔い、充血、肥大といった効果はいささかも生じないのである。

次の『陽物神譚』に至っては、澁澤コレクションの粋を集めて「玲瓏たる虚無」を創造したとしか評しようのないもので、これはある種の毒薬の如く精神を凝固させる。「巨大な数百個の玉ねぎ」を彫る彫刻師、女装して殺される少年皇帝、その皇帝付きの奴隷、彫刻師に刺殺された哲学者、百人隊長、と暗鬱な調子の独白が並ぶ形をとっているが、そこで語られる豊麗な女の乳房をもつ生殖神「孔雀神」の礼拝から、「至高の陽物すなわち玉ねぎ」を唯一神とする玉ねぎ礼拝への転換、自らの体に女陰を刻む皇帝、司祭や信者たちが自らの陽物を断ち切る狂乱の祭式等々、ここに集められた奇怪な観念によって作者が何を訴えたいかを忖度したりするのは大して意味のないことである。これらの観念の論理的な関連についての説明なら、澁澤氏自身がその数々のエッセイで行っている。

最後の『マドンナの真珠』は死者を乗せた幽霊船に紛れこんだ生きた女と男の子の物語であるが、これは楽しいおとぎばなしのように読める。死者の男どもは生者の女たちと交わる術がない。そのうちに、男の子は成長して、女と通じてしまう。死せる船員たちは女たちを追放することに決める。そしてこの結末には思わず笑ってしまうが、「はるかかなたに、ただひとすじ、なにか赤茶けた細い帯のようなものが、波間がくれにちらちら隠見した。赤道である」というわけで、なんと、赤道は鉄のようなものでできた帯状のものなのである。女と男の子はそこに置きざりにされる。赤道とはこういうものではないかと、私もかつて大真面目に想像してみたことがあるので、この澁澤氏の発想には心から拍手を贈りたい。

ともかく、澁澤龍彥氏の作品を楽しむには、幼児性の平面に移らなくては駄目である。しかし最近、澁澤氏自身はようやく意を決して大人になろうとしているのか（と言いかけて気がついたけれども、澁澤氏は私より大分年上のはずである）、その小説は閉じた球体ないしは硬い宝石から、多孔質、とは言わないまでも、外から入りやすい開かれたオブジェの性質を帯びてきた。『ねむり姫』には、熟した果物の芳香を放つものもある。この変貌も私を楽しませてくれるが、昔の超硬度の作品には潔癖な美少年の趣があって、これはこれで得難いものである。澁澤氏の作品を愛好しない人は、かつて美少年であったことのない人であろう。

（福武文庫『犬狼都市』所収「ESSAY」1986・7）

百閒雑感

内田百閒の小説はどれも面白い。数は少ないし、長大なものはないけれども、これだけ面白い小説を書けば充分である。『冥途』、『旅順入城式』に収められている短篇は何回読んでも面白く、漱石の『夢十夜』をはるかに凌ぐ。かりにこれだけ面白い夢を見てそれをそのまま書いたとすると、これは夢見の天才だと言わなければならない。夢を見ないで作り上げたとすると、この人の頭の構造は尋常ではない。かなり不気味な様相を呈しているように思われる。

これらの小説は一人称で書かれているが、「私」なる人物の実体ではなくて、そこには悪夢の膜でできた容器だけが残されている。読者はその中、つまり空虚な「私」の中に入りこんで、悪夢の容器を内側から眺めることになる。こういう体験は例えば「件(くだん)」なら「件」という奇怪な動物の体内に入りこむのに似て不気味なものである。これに対して吉田健一の『怪奇な話』その他の小説は、それを読むと脳に音楽が生じ、脳は陶然として愉しむ。私はこの種の美酒型文学を第一級とする。内田百閒の不気味な小説はこの等級付けの埒外にあり、別格に考えなければならない。

随筆の方も同じ原理でできあがっていて、ただ、小説の場合ほど奇怪な容器の中に密閉される感じがない。実体のない「私」に導かれて気楽な散歩をしながら、気がつくといつのまにか「私」の目で物事を見ているという仕掛けになっている。だからこれもまた不気味と言えば不気味なことである。

人はこの百閒の文章を名文だと言う。確かに紛れもない名文である。何の変哲もないことを書いてこれだけ面白いのは名人芸と言うほかない。世の中には人の知らない珍妙なこと、異常なこと、自分の苦痛などを勢いこんで伝えようとする文章が多く、それを読んで身につまされたり感動したりする人もまた多いが、百閒の文章はその種の野暮なサービスのやりとりとは縁がない。表面はいわゆる身辺雑記の類である。しかし身辺の雑事を、多少の感想を添えて報告したものとも違う。畸人が自らの奇行を記したもののようでもあるが、それでもない。何を書いても面白いというのはスタイルが確立しているからである。スタイルが確立しているものだけが一流の文章で、そうでないものは等級外である。それで百閒のスタイルは、と言えば、すでに述べた通り、読者を「私」の中に連れこんで妙なものを見せてしまう仕掛けとでも説明するほかないが、実はこれでは大して説明にもなっていない。しかしやむをえないことで、人のスタイルの秘密を説明することは不可能である。

内田百閒はこのスタイルを、苦しまぎれにか、僥倖(ぎょうこう)によってか、あるいは漱石の初期のスタイルを模倣することでか、ともかく確立してしまったので、あとはどんなことでも面白く書けるようになった。その文章はいくら読んでも飽きないので、際限なく読めて、読みだしたら止められない。食べだしたら止められない駄菓子かピーナッツのようなところがある。というわけで私も百閒の文章をほとんど読み尽してしまった読者の一人である。しかし別に困りはしない。しばらくして読めば相変わらず面白くて、またいくらでも読める。要するにこれは百閒のスタイルそのものが愉しめるからである。話の中身に栄養があり、ためになり、感激するから、というのではない。

こうして百閒中毒にかかってその文章を読み尽したあげくに、突然、かの「私」とはいかなる人間であろうかと、振り向いてその顔を見たくなることがある。するとそこには顔がない。勿論、写真でおなじみの顔ならあるが、あれはただの古ぼけた写真の顔であって実体がない。幽霊の顔である。とはいうものの、内田栄造なる人物がこの世に存在したことは事実であるから、『阿房列車』や『百鬼園随筆』以下の文章からその人物の生きている様を想像してみると、これはやはり畸人である。そばにいたら相当辟易させられることは間違いない。内田栄造という殿様はドン・キホーテで、まわりにいる「ヒマラヤ山系」こと平山三郎氏ほか、お弟子さんたちはみなサンチョ・パンサである。大勢のサンチョ・

パンサを引き連れて生きるという芸当は並の人にはできない。まさに破格の大人物である。尋常の生き方ができる人ではなかった。

例えばあの有名な借金生活はどうだろうか。陸軍士官学校、海軍機関学校、法政大学のドイツ語教授までしながら、この人はある時から世間の底を踏み抜いて、地下の世界の債鬼につきまとわれて生きる人間となった。普通なら生活破綻者の典型である。

しかしここでも百閒自身は生活のスタイルを確立していて、それを崩すことがない。寝ても起きても食べても、世間の標準から見ると破格のスタイルを維持し、やがて百閒流「錬金術」の方法も確立して、殿様のような生き方を押し通すことになる。その生活にいかに確乎たるスタイルができあがっていたかは、「御慶の会」や「摩阿陀会（まあだかい）」での挨拶一つをとってもわかる。

スタイルをつくることが芸術だとすれば、内田百閒は文章でも生活でも芸術に徹し、芸術として生活したことになる。こういう我がままが押し通せる人は、旧家名門の坊ちゃんに限られるようで、無名の貧家から成り上がった人にはこんな殿様の真似はできない。さらに極端なことを言えば、文学などは本来そのような殿様の芸であるのが自然である。坊ちゃんが没落し、王子が乞食を経験したあげくに書かれた貧乏話の中には面白い文学がある。生れながらの貧者が貧困な生活を報告したのでは文学にならない。自分のスタイルを確立した殿様の文学だけを偏愛するという偏った嗜好をもつ私は、吉田健一、澁澤龍彦、三島由紀夫等々とともに、百鬼園先生の文章をあまさず読むことをひそかな愉しみとしている。

（海燕1988・4）

第三部　倉橋由美子の性と死

田舎暮し

この田舎町で二箇月も暮すと和歌や俳句を作る人の気もちが大いにわかるようになるのは奇妙なほどです。わたしの毎日も、まず自然とのおつきあいからはじまります。春から夏への季節につきもののあのだるい眠りをようやくぬぎすてて朝の裏庭に出てみると、のどかな光のなかで果樹や草花や野菜たちが、親しげな表情をうかべてわたしを待っているのです。柿、桃、枇杷（びわ）、蜜柑、無花果（いちじく）などの樹も、それを食べあらしていた住人が去っていくにつれて死に朽ちていき、いまは廃園に近い庭ですけれど、父が生前栽培していたレタスがいやに勢よく育って、ごろごろところがっています。それらの植物にさわっていると、時間はとまり、光にひたされて立っているわたしも一本の植物であるかのような気がしてきます。未来も不安もないこの世界をみたしている微光は、あの死というものの遍在なのかもしれません。わたしはいま六十歳の老人になったつもりなのです。そこで、なにかを語ろうとすればことばはごく自然に五七五で出てこようというわけです。

レタスのために敷いてある籾殻のうえにはいつも三匹の猫が大の字になって寝ています。白と虎毛とまっ黒の野良猫どもで、わたしが近寄っても薄目をあけて不機嫌な一瞥をくれるだけで動こうともしません。毎晩、赤ん坊の泣き声かと思う奇怪な声をあげて情交に熱中しているのはこの連中ですが、朝、こうしてくったくなげにねそべっているのをみると、いったいかれらの仲はどうなのだろうと気になります。わたしにはかれらの性別もわかりません。観察と威嚇をくりかえしたあげく、ついに物理的実力を行使すると、かれらはわたしの手でさわられるのがひどく不興らしく、やっと退散していきます。これでわたしの平穏な一日がはじまることになります。

といってもわたしをとりまいている雑事はいっこうにへるけはいもなく、いまだに父の死にともなう残務整理にあけくれているようなものです。かんしゃくもちで気の弱かった一歯科医の場合でも、とにかくひとりの人間がこの世から退場するということは予想外の難事業にちがいありません。御当人はある日突然舞台のうえで倒れるだけですけれど、死者にかわって死の儀式を演じなければならない生者たちの努力は、まさに厳粛な喜劇というべきでしょう。父が倒れ、父が生前はりめぐらしていた人間関係の根の全貌が地上にあらわれたとき、わたしはその厖大さに驚嘆したものでした。父を失った哀しみよりも、これらの人々がどっと集ってきたすさまじさのほうに気を奪われているうちに、儀式はどんどんすすんで、おびただしい手が死者を土のなかに葬ってしまい、やがて疲れはててほっとしたとき、わたしははじめて父がいなくなっていることに気がつきました。どうやら人間の死とは、その人間と他の人々とをつないでいたものを切断する儀式であるようです。けれどもまだほうぼうに切り残しの地下茎があり切株があります。だからわたしは毎日自転車でこの田舎町を走りまわり、ときには高知の街まででかけてそれらを引き抜く仕事をつづけています。ふいに、歯を抜いたあとから血が湧いてくるように哀しみが湧いてきて驚くこともあります。

ただひとつだけすばらしいことは、かつて、葬儀とそれにつづくいくつかの行事に集ってきた人々がいまはすっかり姿をみせなくなったことです。この変化のあざやかさには目をみはらせるものがあります。わたしは、城主を失った廃城のなかから母と二人きりで外を眺めているわけですが、わたしの目にうつる光景は、愛すべき小動物がそのしっぽをひきずりながらわたしたちのいる真空の函のまわりをはいまわっている、というふうな構図をもっています。父の死へと集ってきた人々がいっせいに去っていくとき、わたしはたまたまかれらをお尻のほうから眺める機会をもち、そのうしろ姿から、たとえば災厄を予知して遠ざかっていく利口な動物の習性みたいなものを連想したわけです。そういえば、人々が婚礼に集るのも、この田舎町の住人たちのおなじ習性なのでしょうか。

ともあれかれらは善人ばかりですし、かれらにはどんなに小さな悪意をむけることもできません。大きな都会でみかける不気味な機械じみた人間や目の血走った人間なんかこの町にはひとりもいないので、わたしはここにいるとおそろしくのんびりします。鎧や冑のいらない生活、いわばひとりひとりの意識を塀で囲まなくてよい生活がここにはあります。町を歩いてみると、人々はにこやかな顔とこまかな身ぶりで生きており、みんなが顔みしりで、みんなが挨拶をしかけてきます。そこでわたしも顔をゆるめっぱなし、頭はさげどおし、ということになります。うっかりそれを省略すると、一時間もたたぬうちに、省略された人からの怨みごとが魚屋からわたしにそれとなく伝えられるという仕組みになっています。そんなわけで、母は外出したときには、町のあらゆる家系図の復習にはじまり夫婦生活や財布の中身にいたるまで、詳細な情報を（なかば強制的に）もらって帰る義務があり、したがってわたしはそれを母から逐一聴取してやる義務を負っています。とりわけ生彩を放つ情報は、「どこそこの娘さんがどこのだれそれさんへ嫁入りする」というもので、これが陽画だとすれば陰画のほうは、「どこそこの娘さんはもう二十八にもなるのにまだ嫁にいかない」といったものです。むろんわたしはこの町での後者の代表格ですから、母がその話をして溜息をつくたびにわたしは肩をすくめなければなりません。母と娘がむかいあっている生活ではこんなことが際限もなくくりかえされ、母の絶望は、わたしが「かたづこうとしない」ことにあるかのようです。

こうしてのどかな田舎暮しをつづけているうちに、自分と他人との境界の壁は快く融けくずれていきます。わたしにはそれがわかります。この快い無感覚がしのびよってくると、いくら自分をかきむしってみても痛くも痒くもなくなりますが、おそらくそのときはもう自分という堅い核のようなものなんかなくなっているのでしょう。この田舎町に住んでいると、孤独であるということはおよそ不可能なのです。グロテスクな人間たちにしめつけられて生き、愛するものと憎むもの、敵と味方をもつのでなければ「自分」とよべるような堅固な実体もありえないのかもしれません。他者とのたたかいと対話とが「自分」という空洞をつくっており、孤独とはこの空洞のことをさすのかもしれません。当然ながら、西欧の芸術家はその工房として孤独を必要としますが、それはこの田舎町では買いもとめられないものです。ここでは自然と他人たちとがなめらかにわたしたちのなかへはいりこんできます。人々は和歌や俳句を作りたくなります。ふしぎに、小説を書こうという人をみかけません。こんなところで嘘を書こうとしている「贋金作り」は、犯罪者というより奇怪な狂人のようにみられていることでしょう。

（新潮1962・7）

ある破壊的な夢想——性と私——

性について率直に語るのはおそろしくむずかしいことです。できることなら、深海の魚のように沈黙を守っていたいと思います。しかしときには、どこからか苛酷な鉄の鉤(かぎ)がおりてきてわたしの上顎をひっかけ、容赦なく口を引きあけてしまいます。今回もこの災難に会って、わが身の不運を嘆かずにはいられません。どちらかといえば、わたしは「セックス」を論じること自体に嫌悪をおぼえています。この日本語的英語の実用的で下品な響きはきらいです。「セックスしているときが最高よ」という使いかたにいたっては論外です。この種の率直さで「セックス」ということばが氾濫しているのは、性は生活の一部、それもきわめて重要な一部であって、これを上手に愉しむことが現代人の資格のひとつであるという、卑俗な迷信がひとびとをとらえているからでしょう。性に関する知識や技術に強くなりたがる愚しさと、「澪標(みおつくし)」風のくそまじめな性の求道者に感激する俗物性とは、たぶんうらはらの関係にあると思われますが、この種の人々には、サドやジュネ、それに古今東西のおびただしい猥本を解放してショック療法をこころみたい誘惑にかられます。ところが残念なことに、そういう人々は、性をもっぱら愛や結婚、家庭、生活、風俗、道徳の問題としてとりあつかっている疑似文学しかお気にめさないようです。

わたしは、大江健三郎さんの小説のなかの《ぼく》が《女子学生》や《娼婦》にたいしてしめす絶望的な嫌悪感に共感をおぼえます。わたし自身は人間とその世界にたいするわたしの絶望をふかめるために小説を書いていますが、そのさい他者との関係を測定する次元として選ぶのが性または政治です。というのもわたしにはそれらが、他者との関係そのものである人間存在の、もっとも根源的な原型であるように思われるからです。

愛情とか、結婚とか、いろんな意味づけを剝ぎとってみますと、男と女の性的関係は、凹型の存在が凸型の存在を自分のなかにいれて食べることであり、凸型の存在が凹型の存在を充たす関係だといえるでしょう。これはまさに意味づけしがたい、それゆえに正視するにたえないような事実なのですが、このことに崇高な価値を与えて美化したり、夫婦のいとなみをしいて日常生活のなかに押しこんだり、たんなる生理的現象や生殖本能に還元したり、愛情という包装紙で包んだりする欺瞞的習性のおかげで、人間はおめでたく生きていられるわけです。女性にとっては、ある男性と性的関係を結ぶことは自分が他者にとってどのような存在であるかを知らされ、その存在の符号が「女」であることを宣告され、それを受けいれて女になることです。このとき、他者の侵入を許すことによってみずからの肉のなかに他者の自由をとりこにすることが、「愛する」という存在のしかたであると定義されるべきでしょう。男とは「愛される」ものです。この関係は、もちろん男と女のあいだにとどまるものではありません。男色、サディズムとマゾヒズムなどは、このような人間存在の原型からでなければ説明できない現象です。

さて、わたし自身についていえば、他人と世界にたいする和解は生れたときから失われていましたので、「愛する」という存在のしかたを受けいれることは困難でした。「愛」の観念に魅惑されていた二十歳以前には熱心に愛しているふりをしました。しかしいまはそれにも飽きてしまったので、わたしのなかには、おそらく銀河系をいれるに足るからっぽの暗黒がひろがっていますが、この空間を愛や信仰や結婚生活で充塡(じゅうてん)する気はありません。人間が生きていくためには絶望があれば十分です。そこでわたしはこの絶望という冷い太陽のまわりに、ある未来的なヴィジョンをひろげてみようと思います。つまり以下は、性、他者との関係としての人間存在についての、破壊的な夢想です。

性行為を快楽と陶酔と疲労だけに純化できるとすれば、それは純粋な遊び、ひとつのスポーツともなりえます。かりにそういうことが可能だとして、これを「性の解放」とよぶことにしましょう。この解放は、生活や道徳や生殖からの解放であるだけでなく、愛からの解放でもあります。つまり性の交りは、いまや他者との粘液的な関係であることをやめ、ダンスや鬼ごっこと同じものになるわけです。そこで、太陽と海と灼(や)けた砂を舞台に、見知らぬ少年と少女、男と女が、陰湿な愛の告白や結婚の申込みなしに自分の愉しみのためにだけ交るという神話的な光景がみられることでしょう。このとき、人間は人間であることをやめ、神々になります。なぜなら、かれらは異性にたいしてひとしく魅力的で、どの異性にたいする欲望においても無差別で、時と場所を問わず、自分と相手を愉しませる無限の能力をもっているだろうからです。

勿論これは、同じように人間の神への転化を想定している完全なコミュニズムとともに、到達不可能な極限状況です。

人間が他人を支配しない状況と、愛したり愛されたりしない状況、これはわたしにとってはぴったり重りあう陽画と陰画で、この夢の強烈さにくらべれば、Aの経済体制をBの経済体制に変更すると称する「革命」なんか、便秘の薬ほどの魅力もありません。また、権力をaのグループからbのグループへと移転することに、涙ぐましいほどの希望と信仰を賭ける気も起らないのです。

自称コミュニストや社会主義者が信仰の対象としているヴィジョンの貧弱さは驚くべきものです。かれらは元来保守的な小市民的人間にすぎないので、男と女が愛情だけによって結ばれることを崇高な理想と考え、「革命」こそこれを妨げている社会的・経済的な悪をとりのぞいてくれるものだといいます。食うに困らず、愛しあう男と女が結婚でき、平穏でしあわせな家庭生活をいとなむことがかれらのささやかな夢なのです。社会主義信者たちをとらえているものが愚民救済の使命感であり平等の実現をめざす正義感であるかぎりは、かれらにとってはわたしが定義した「性の解放」なんか、眼の玉が逆転するほど恐しいことでしょう。性における完全なコミュニズムは、選ばれた英雄と神々のものであって、凡庸な「人民」のものではないのです。

さて、わたしは、インポテントな社会主義者や「人民」には絶対に実現できない、結婚の廃止、家庭の分解、愛という名の人間接着剤の追放、そして完全な無差別性交のユートピアをしめしてみたいと思います。ただしそれは劣弱な人間にたいする「社会保障」のない世界であり、人間はたがいに他人にたいして「商品」以外のなにものでもない世界です。たとえば、こういう契約が結婚にとってかわります。Kという男が、家事労働および性的サーヴィス労働を提供する女性Lを三ヵ月ないしは一年契約で雇傭します。同じ契約を、Lが傭主となってKとのあいだでとり結ぶことも考えられます。この契約の期間は、もっと短く、土曜の夜から日曜の朝まで、とするほうがいっそう合理的かもしれません。そうなると、性交サーヴィスを提供する優秀な男女社員をもつ株式会社ができることでしょう。勿論、Kがたまたま街で会ったLと個人的に交渉して契約を結ぶ場合もありえますし、もしもLがKにたいしてなら、性的サーヴィスを提供することになんらの不効用もおぼえないとすれば、二人は合意のうえで、愉しみを分ちあうでしょう。

わたしは、商品経済がこのような極限にまで発展してひとつのユートピアが訪れることを夢みています。人間の労働が物の生産や、社会的サーヴィスのために売買されるだけでなく、あらゆる個人的なサーヴィスのためにも売買されるのは当然です。これは人間を「物化」したり「搾取」したりすることではなくて、ほとんどの仕事を機械がするようになった時代に、人間が、機械にはできない人間のサーヴィス労働をなによりも高く評価し、もっとも貴重な能力として高い値段で売ったり買ったりするということになるのです。ここでは愛も結婚も家庭もありません。性行為は、それを欲する人間が、その行為に不効用を感じながらサーヴィスを提供する人間にたいして正当な報酬を支払うことによって、ひとつの商取引となります。

そんなことなら数千年の昔からすでに行われている、といわれるかもしれません。たしかにそうです。ただし、無意味な偏見のほうが王位についているこの世界では、来たるべきユートピアの断片的なあらわれは、不道徳なもの、犯罪、社会の悲惨な悪として、恥部のように隠され、忌みきらわれているのです。革命が必要だとすれば、それは人間の頭のなかに蜘蛛の巣みたいにはりめぐらされているこの種の偏見と欺瞞を一掃することであると思います。

性行為から生じる無用な果実、つまり子どもについては、次のような措置が考えられましょう。完全に効果的で無害な避妊法が発見されたらなによりで、そうなるとエラーの結果子どもを産むようなことはなくなります。さらにすすんで、妊娠、分娩、育児という野蛮な仕事から女性を解放するために、人工胎によるベビイ製造が研究されるべきですし、国家という株式会社が優秀な子どもを必要な数だけ養育すべきです。自分で子どもを産んで育てたいという趣味の持主には、例外的に許可を与えてもいいでしょう。しかし原則として、子どもは個人の所有物とすべきではありません。人口増殖が個人の生殖本能にゆだねられている時代は去って、人間の労働とサーヴィス（このなかには性的サーヴィスもふくまれます）にたいする需要に応じて、国家という株式会社が人間を生産し、供給します。人間の人間にたいする需要がへっていけば、人間の価格がさがり、つくってもひきあわないので、人間の生産も減少してついにこの世界から人間が消滅するかもしれません。戦争の危機だの人類の滅亡だのと悲壮な声をあげている人間の多い今日、こうした人間の消滅を夢みるのはじつに愉しいものです。

（婦人公論１９６３・２）

女と鑑賞

私はどんな映画でも見ます。実に雑多な映画を見ており、一方ではしばしば「問題作」や映画史上に輝かしい名をとどめている「傑作」を見逃がすというでたらめな映画鑑賞者として、私は映画館の前をうろつきます。そして、私の中を流れている時間がスクリーンの上の光と影の時間で置き換えられることを望んで、ふらふらと映画館の中に吸いこまれてしまうと、私は怠惰な情念の水溶液でふくらんだ一個の眼になって、暗闇に沈みこむわけです。ここまでの行為はかなりアト・ランダムで、時にはなんという映画をやっているのかも気にとめないほどです。場末の安い映画館の一つにこうして暇つぶしに入ってみるのは、都心のロードショー劇場へ肩を張って「芸術映画」を「鑑賞」(いやなことば!)しに行くよりも楽しいものですし、三本立の中に思いがけない古いフィルムや実に愚劣で珍奇なフィルムが混っていたりすると、なんだか嬉しくなります。退屈すれば遠慮なくあくびをして、子供みたいに胸をときめかせたり笑ったりして、何時間かが過ぎれば、それで「ボン！」です。

こんな風にしてたてつづけに映画を見ずにはいられない時期が不規則な周期をもってやってきますが、それ以外の時、私は映画に対して極端に気むずかしくなります。いったん選別をやりはじめますと、和製メロドラマはいや、ホームドラマはまっぴら、西部劇は見る気がしないし戦争映画はノー・サンキューで、概してハリウッド製映画にはまったく食欲を失うという有様です。そして映画に対してひどく悲観的になり、どうして最近の映画はこうもつまらないかと腹を立てはじめます。実は私の場合、年とともに映画に対するこうした気分的デプレッションが次第に恒常化しつつあるのです。これは映画産業がデプレッションの底へとすべりこみつつあることとも、関係があるのかもしれません。

勿論、私自身の個人的な事情もあります。二十代の後半に入るとともに私は急速に老人性の精神癌に犯されはじめ、いまや動く紙芝居に無邪気な感動を覚えることがむずかしくなってきたのです。

ティーン・エイジャー、ことにロー・ティーンだった頃の私にとって、スクリーンは人生の秘密を語りかけてくれる窓でした。映画館は背徳の匂いに満ちた邪教の教会めいていました。当時の大人たちは子供が映画館の暗闇に惹かれることを決して健全な傾向とは見なしませんでした。実際、そこには甘い恋、有毒な情熱、死、人間存在の暗い穴などがあって、私を驚嘆させ、陶酔させたものです。その頃見た『肉体の悪魔』や『終着駅』のような一流の通俗恋愛映画は、私に現実の恋以上に濃密な恋の体験を与えてくれたのでした。同じ頃、私は文学を読むことによって同じような体験をしていたのだと思います。子供がまだ読んではならない人生の先の方のページを盗み読みして、人間と世界とについて、自分自身について、何かを知ることに感激していたのです。

このような映画の見方を「学習的鑑賞法」と名づけることにしましょう。あらゆる小説が——姦通小説やピカレスク、また下らない少女小説や大衆小説でさえも——子供から大人への時期にある読者にとって「教養小説」であるように、あらゆる映画は「学習的鑑賞者」に対して教育的です。少年がスクリーンの上に女性の裸を見、そのもっとも女性的な部分を知ることも教育的ですし、少女がスクリーンの上に濡れた唇と唇の接吻や熱い抱擁を見、一人の女が強姦されるのを目撃することもまた教育的なのです。私たちは暗闇の中で息を呑みながら、一人きりになって、国語のテキストなんかでは学べないものを学ぶことができます。

このような映画の見方は、恐らく私たちがごく若い時にしかできないでしょう。だから映画がもっとも新鮮で魅力的なのは、若い人たちにとってでありますが、同時に女性は比較的遅くまで「学習的鑑賞者」にとどまるという理由で、映画は女性向きのものであります。大学を出て、あるいは会社に勤めて、二十五歳になった女性は、もはや少女時代のみずみずしい心で人生の秘密を学ぶことはない代りに、よい映画を見て「現代」について何かを知り、女性の生き方について学び、よい現代女性になりたいという「教養主義」を、お化粧道具といっしょにバッグにいれて映画館に出かけるのです。『太陽はひとりぼっち』を見に行った時、私は余りの混雑に腹を立てながら、多くの若い女性が（それも彼女の恋人らしい男性と一緒に）「現代における愛の不確実さ」や「不毛さ」、「現代的なアンニュイ」といったものを理解しにやってきているのを観察したのでした。

ところで、こうした「学習的鑑賞法」が「教養主義」にまで硬化してしまうと、ほんとうの芸術的な感動としてのカタルシスから遠ざかります。カタルシスとは排泄的浄化作用で、女性の場合、端的にいってそれは泣くことですが、私は人一倍涙腺の制御装置が脆らしく、どんなつまらない映画を見ても——むしろつまらない映画であればある程気前よく——涙を流す質なのです。メロドラマは大いに泣かせてくれます。しかしおびただしい涙を分泌することが本当にカタルシスかどうかは疑わしいところで、実は泣くことも娯楽のうちであるのかもしれません。「泣ける愉しさ」というわけです。この娯楽は女性特有のものですから、泣きたがっている女性目当てに多くの映画がつくられることになります。けれども涙は多くの場合、私たちの存在の核心に迫る真の哀しみに対してはヒューズのような安全装置なので、おびただしい涙の流出は疑似カタルシスにすぎないと言えましょう。私の経験では、本物の芸術と呼べる作品を見て泣くことはありえないと思うのです。（勿論この逆は成立しません、ばかばかしくてあくびと失笑しかでない映画も多いのですから。)

つまり私たち女性を盛大に泣かせる映画は芸術とは無縁のもの、という強引な判断基準を設けてもよさそうです。

では本物の芸術映画とは何か? 私はここで厖大な数の娯楽映画(その第一級品は例えば最近の黒沢明の作品です)と、失敗した芸術的(かつ非娯楽的)映画の群の中に混っている少数の作品を頭に置いているのですが、優れた芸術作品と呼べる映画は、現実に向かう作者の意識の表現方法において、あるいは認識の方法において、新しさを備えており、しかもそれが映画にだけ可能な方法の探求として成功を収めているものです。

私は疑似芸術でしかない現代の小説に対して、「こんなものなら映画にした方がよほどましだ」という侮辱的な感想をつぶやくことにしていますが、同じことは映画にについても言えます。いわゆる「文芸大作」の多くは、文学に対する屈服に終っています。ある物語を、本物の自然や本物らしくつくられたセットをバックにして俳優が演じるお芝居の、動く写真によって提示することは、映画本来の方法ではなく、文学と舞台芸術の方法の抱き合せにすぎません。映画本来の方法は言うまでもなく映像による時間の処理であり、物語性や、ドラマティックな会話や演技、音楽といった要素はいわば第二義的なものです。映画の大型化、大作化がこの第二義的な要素の膨張に向っているとすれば、それは映画を豊饒にする試みとはなんの関係もありません。

これまでに見た映画の中では、アントニオーニの一連の作品、『尼僧ヨアンナ』、『野いちご』、『イタリア式離婚狂想曲』、『甘い生活』、『勝手にしやがれ』、『雨のしのび逢い』、『恋人たち』、『眼には眼を』などがすぐれた映画の例として思い出されますが、この中には二度以上見てなお新鮮さを失わなかったものもいくつかあります。これらの優れた作品の与える感動は、受け身のカタルシスにはとどまらず、そのような作品を自分もつくりたいという衝動へと発展するもので、これを創造的人間への啓示と呼ぶなら、私は小説を書く人間として映画や音楽や絵画にもその啓示を求め、それを与えてくれた作品を、私なりに本物の芸術だと信じることにしているのです。

「教養主義」と「涙」とが女性的な映画鑑賞法であるとすれば、芸術作品を通じて創造的精神と対面するにはこのような女性らしさはむしろ無用なものです。芸術を見る時、つくる時、「女性的」とか「男性的」といった限定はありえないのです。勿論女性が女性的な見方をすること——映画の中の有益な「物語」に学び、登場する男性を批評し、薄倖の女性に涙をそそぎ、何よりもそれについて友だちと大いにおしゃべりすることは、まことに楽しいことです。もっとも、私たちはさらに男性的な映画鑑賞法をも身につける必要があるのではないでしょうか。殴り合いや早撃ち、チャンバラ、大量殺人ゲームとしての戦争、ハードボイルドな探偵の大活躍といった無邪気なスポーツを見て楽しむ子供の眼を男性はもっています。スクリーンに展示される女性の裸体を見て楽しむ痴漢の眼ももっているようですが、女性は概して真面目であり、真面目であることはしばしば視界の狭い眼と囚われた精神を意味するようなわけで、いつまでも女・子供向きの愚にもつかぬ映画をあてがわれることになります。スクリーンの前に坐る女性はまず自由な精神になり、自由な眼になることが必要です。映画館の暗闇はそのためのものなのです。

（新おんなゼミ6「おんなのクリエイトブック」1979・9・20）

＊「スクリーンのまえのひとりの女性」（映画芸術1963・9）を改題。

性は悪への鍵

女性は悪魔的か？　その「性」は女性のなかに棲んでいる悪魔なのか？　女性は残忍な魔物ではないのか？

男性のなかのあるものは意味ありげで愉しそうな微笑を浮べてうなずき、またあるものはいかにもうんざりした顔でうなずくだろう。どちらにも真実があり、前者には女性を神秘化して想像することの愉しさがふくまれているとすれば、後者には現実の女性に対する苦い、灰色の認識がふくまれている。ところでわたし自身は、女性が一般に悪魔的なものの正反対の存在であることを主張しようと思う。平均的な女性は、その外見どおり、やさしく美しく生きている動物であり、少くとも自分のやさしさと美しさ、そして美徳を信じているものだという平凡な真理をまず強調しておきたい。「可愛い悪魔」とか「可愛い妖精」といったことばは、「永遠の女性」などと同じように男性の想像力の産物であるか、さもなければネグリジェと同じように、女性が好んで身につけるコケティッシュな衣裳であるにすぎない。

フランスの諺で、「女というものは、教会では聖女、街では天使、家では悪魔」というわけだが、diablesses というフランス語は「魔女」というより悪知恵が働いてがみがみいう「悪妻」の感じである（と世の亭主族ならいうだろう）。この灰色の認識は男性側のものであるにちがいない。たいへんお気の毒なことに、この認識にたどりつくまでには、男性はこの諺を上から下へと身をもって体験しなければならない。家庭のなかの「悪魔」の下敷になってしまった男性のささやかな反抗は、この諺を今度は下から上へと読んでみることである。なんともやりきれない憂鬱な笑いが浮んでくることだろう。そしてそもそも女性にはこのやりきれなさがけっしてわからないのだということに気づいたとき、かれはふてくされてパチンコでもしにいくよりほかないと思うだろう。

それにもかかわらず、男性は女性が「可愛い悪魔」であるという幻想を捨てきれない。女性が男性にとって魅惑的であるのは、女性が「性」そのもの、つまり「悪」の世界への鍵穴であるようにみえるからだ。ところが女性自身はそんなふうには考えない。女性とは「性」そのものだ、というような考えかたは、女性、ことに「処女」にとってはまったく理解しがたいものである。これは彼女が「性」に関して無知であるからだ。知識として「あのこと」を知っているかどうかの問題ではない。かりにおびただしい知識をもっていたとしても、彼女は依然として無知であり innocent であり純潔であって、正確には「性的人間」ではない、というべきである。ボーヴォアールが『第二の性』で定義しているように、女性は生まれながらにして性的人間なのではなくて「性」の刻印を打たれることによって「性」を与えられる。しかし女性は、それでもなお自分が性的存在であると考えることを好まないものであり、自分の美しさ、正しさ、それに男性を魅惑するらしい「あるもの」によって、りっぱな夫と幸福な家庭を獲得するであろう存在、あるいはすでに獲得した存在、というふうに考えている。こんな女性を「可愛い悪魔」とよぶことは男性の勝手であるが、そうよばれて女性がよろこぶのは「可愛い」という形容詞のためであって、自分が暗黒の割れ目をもった「性」であり「悪魔」であると定義されることは憤然として拒絶するにちがいない。

要するに女性は男性が好んで考えるような性的存在そのものではないのだ。バーでホステスたちときわどい会話を交しながら好色な想像力を働かしている中年男が、女性をついに「性」そのものに還元してしまったことを宣言すれば、ホステスたちははなはだしく侮辱されたと感じるだろう。彼女たちはその魅力を売っているのであって「性」を売っているのではないと考えるからだ。また性の使用権を売っているコールガールはコールガールで、自分はある特殊技能を提供して商売しているにすぎないと考える。彼女たちに多い冷感症がこの考えかたを正当化する。売春婦は貞淑な人妻の何倍もむきだしの性的存在だという印象はまちがっているのである。ゴダールの「女と男のいる舗道」をみると、彼女たちの職業生活がいかに「性」から遠くて乾燥しているかということがわかるし、「日曜はダメよ」は売春婦にも性的生活エロティスムの世界がありうるという喜劇なのだ。

女性にとって「性」がけっして自然なものでないことは、女性のＰＳＤ（Psychosomatic diseases）に関する本からいくつかの症例を拾ってみればよくわかる。女性が「性」の刻印を打たれることは花がひらいたりするように自然なことではない。たとえば性交不能を訴える患者がいる。診断はVaginismusである。よくあるケースだが、彼女はまだ「Haareも発生していない」少女時代に中学生の少年にいたずらされ、のちに偶然おぼえたオナニーにも「罪」を感じる。いまわしい体験からうけた心的な傷、「性」に対する恐怖と嫌悪がVaginismusとなって性交を拒否するのだ。インタヴューによれば、患者はその夫との成就することのない、苦痛と屈辱にみちた性行為の光景を詳細に語っているが、それは日常生活のなかの地獄である。また頑固な「心因性帯下」の症例では、患者（三十五歳の英語教師）は外人や老人とかなりでたらめな交渉をもったあげく、Trichomonasをうつされたと信じ、いまいましい性交を不浄視し、性交の「罪」から病気（Trichomonas vaginitis）のなかに逃げこむ。いわゆる「不感症」、「冷感症」の例にいたっては枚挙にいとまがない。

こうしたＰＳＤはたしかに病的であるが、しかし婦人雑誌などがいっそう熱心に「たのしい性生活」への啓蒙をつづければこんな古いまちがった性生活はことごとく追放されてしまうだろう、というのは、たわいのない迷信である。いつの日にか美しい肢体になるだろうと信じて美容体操でもするように、完全な、あるいは充たされた性生活をめざして学習とトレーニングにはげむという心がけはまことにこっけいにみえる。それはマイナス無限大のところにあるもの——「性」とはそういうものである——をめざしながら、せっせとプラスの数をつみかさねていくようなものである。「性」を通じてひらかれる世界は、技術によって到達できるものではない。もっとも、あの至高の瞬間を純粋に物理的・生理的な問題に還元し、すべてを「最適摩擦係数」の問題としてとりあつかおうとする単純さも、ひとつの態度ではありうるだろう。かつてわたしはある種の精巧な器具の助けを借りて達成されるすさまじいエクスタシーへのプロセスを収録した（と称する）テープをきいたことがある。この器具の被実験者である女性は、天国か地獄か、この世界の外のどこかへ通じる階段をたたきつづけながら絶叫した。彼女がくりかえし叫んだ「行く」ということばは象徴的である。肉のなかからもれるこの異様な戦慄にみちた叫びは、「死ぬ」という叫びと等価であり、歓喜の一瞬に意識は死の暗黒世界に飛びさってしまうのではないかと思わせる。（だがこの間、ひとことも発しないで器具を使っている男の顔はおそらく砂漠の修道僧にでも似ていただろう。これは完全な無意味さがかげろうのように燃えている世界である。そしてこのおそるべき荒廃は、すべてが贋物であることを教えている。）

たしかに、「性」には死がふくまれている。「性」が生殖に関係しているから生産的であると考えるのは皮相である。生殖するとは稀薄になり崩壊することだ。死の介在によって生の火は燃えつづける。「性欲」とは、ひとつひとつ容器にとじこめられて孤立した自我が、自己の外にはみだし、この火のなかに没入しようとする衝動なのである。そこでジョルジュ・バタイユによれば、「エロティスムとは、死を賭するまでの生の讃歌である」ということになる。エロティスムが死を媒介にした生への陶酔であるとすれば、これが「悪」とされることは容易に理解される。善の原理はバタイユもいうようになによりも存在の持続であり、この目的のために有効に計算された掟は注意ぶかく死を排除してしまうのである。「性」とエロティスムの王国が「悪」と感じられるのはそれが死に通じる穴であるからだといってよい。

ところで、女性は概して善の原理に属するものだ。女性は「悪」である「性」を「家庭」という檻のなかにしまいこむ。この安全な檻の外で「性」を野放しにすることを女性はもっとも警戒する。「家庭」を無視してエロティスムの王国に生きる女性は女性の敵とみなされる。良妻賢母は、夫がエロティスムとは無縁の売春婦にふれることは大目にみても、エロティックな情婦の存在は許そうとしない。

女性のなかに「性」の「悪魔」が棲んでいるという男性の幻想は結婚とともに破れる。(結婚に先だつエロティスム、すなわち「恋」が存在したとしても、女性のほうはこれを「悪」から遠ざけて結婚のために利用する。男性は味わった「悪」のつぐないのため、もしくは社会的に保障されたエロティスムという幻想を信じて、結婚生活にはいる。)女性が、昼は貞淑な主婦、夜は娼婦という演技をつづけるのも長くはない。やがて出産と育児（これはじつは生殖とはなんの関係もない、死をふくむ本来の生殖は男性のものなのだ）、家庭の経営が彼女のすべてとなる。女性はますます「性」から遠ざかって長生きする。男性（夫）の方は依然として性的人間であるが、いまやかれの「性」は衰弱するというよりも、ひろく拡散する。それは家庭の外に流出して「浮気」となり、また猥褻本、ヌード、変質的な趣味などにもむかい、要するに縛られた「性」のあらゆる徴候をみせはじめる。ここにいたって家のなかにどっかりと坐っている「悪魔」をみると、これはもうお世辞にも可愛いとはいえない代物なのである。

今日の道徳は、家庭のなかで解放するかぎり、「性」を「悪」とはみていない。むしろ妻たるものは多少ニンフォマニア（女子多淫症）的にふるまうことが家庭の幸福につうじると説いているかのようだ。しかし「性」は檻にいれたからといって虎から猫にかわりはしない。「悪」である「性」を原子炉のなかで平和利用することは窮極において不可能であろう。狭い檻のなかでアクロバティックな「性」の饗宴をつづけたところで、それは早晩単調なくりかえしとなり、倦怠というもっとも苛酷な荒廃にたどりつくだけだ。このときから家庭の崩壊がはじまる。

「痴情」という映画の例では、夫を送りだした郊外夫人たちが秘密性交クラブにはいって「淫乱」にふけることになっている。事実は知らないが、少くともこのスキャンダラスな物語は、「性」を郊外のこぎれいな住宅や団地の一室にとじこめておくことはできないという事実からみちびかれるひとつの帰結をしめしている。

人類の最後の到達点が幸福な乱婚状態であるかどうか、わたしにはいささか疑問である。疑問は「幸福な」という形容詞にかかっている。たとえば『アンドロイド』というSFにえがかれた状態が二十一世紀にやってくるかどうかを予測することはむずかしい。ただひとつ確実なことは、一夫一婦制にもとづく家庭が近い将来変質し崩壊していくだろうということである。そのとき女性ははじめて「性の悪魔」として男性にたちむかうようになるだろう。

（婦人公論1964・4）

誰でもいい結婚したいとき

最近みた「女体」という映画に、もと夜の女であったヒロインのボルネオ・マヤが、現在の平穏無事な日常生活に背をむけて雨のなかへ出ていくところがあり、たいへん感動的でした。彼女はある男の自殺の現場に立ちあったのち、ひとりで雨のなかを歩いて去っていくのです。また「勝手にしやがれ」や「女と男のいる舗道」のゴダールの最新作「軽蔑」は、べべ扮するカミーユという女が、ある日突然夫を軽蔑してしまう話で、彼女はアメリカの映画プロデューサーとスポーツカーに乗って夫から去りますがダンプカーに衝突して死んでしまう――というふうに、ひとりの女が居心地のよい日常生活の繭(まゆ)を破って逃げだしてしまうこと、これはわたしにとってはたいへん魅力的なテーマです。このふたりの女性は、べつに恋人をつくって家出したわけでもなく、離婚してもうすこしましな繭のなかでくらそうとしたのでもなく、ただ、日常生活あるいはその象徴である夫を軽蔑して逃げだしたのです。そして別の世界へ足をふみいれようとしたのです。こんなとき、女はひとつの根本的な選択のまえに立たされるのであって、これにくらべると、イヨイヨアタシモ結婚シヨウ、ダレトシヨウカ、といったことは人生最大の問題でもなんでもありません。男が職について働くように、女は結婚するものなのですから。結婚したところで女は姓が変るだけです。なにか別のものになるわけでもなく、ただ女になるだけです。わたしが興味をもつのは、その女がある日突然すべてを軽蔑して女であることをやめてしまうことなのです。

ところで、わたしのテーマは「愛の挫折と結婚」ということですが、もうすこし具体的にいえばこれは、女ガヒトツマタハ多クノ愛ニ失敗シタアゲクモウダレデモイイカラ結婚シヨウトスルトキ、ということです。つまり、ボルネオ・マヤが死を賭して生きようとするのに対して、こちらは生きるために日常生活という棺にはいって少しずつ死んでいこうとする場合になります。

しかし女がだれとでも結婚できると思う場合にはいくつかのケースがあり、

(1) 愛に失敗したとき、のほかにも、

(2) 愛ということについてなにも知らないのでだれとでもすらすら結婚できる場合、

(3) 要するに売れ残ってしまってもうこれ以上がまんできないというとき、

(4) 一生結婚しないでひとりで生きていこうという主義をなにかの事情で棄てなければならなくなったとき、

といったような場合に、女はだれとでも結婚する気になるものです。わたし自身はといえば、この（1）から（4）までの状態はだいたい経験ずみであり、ただしまだ結婚するにはいたらず、迫りくる三十歳をまえにして目下宙ぶらりんでありまして、いつか偶然が糸を切ってくれればじつにあっけなく結婚してしまうかもしれない状態にあります。

（2）のような女性は昔風にいえば「箱入り娘」であり、純真無垢な処女であって、ルリ子、イイオ話ガアルンデスヨと母親にいわれたら、アラ、ソウ、と簡単に「お嫁に行く」ことが多いのですが、男女の愛つまり「男にほれる」ということを知らないこの天使は、意外に鋭く男の人間としてのつまらなさを見破ってしまうことも多いので、凡庸な夫にはなかなか手ごわい妻となります。

（3）と（4）はじつは同じことかもしれません。女がいわゆる婚期を逸してしまう場合は、よくあることですが病気の母をかかえ弟を一人前にするまで独身でがんばっているうちにとうとう……といった余儀ない事情の場合を別とすれば、要するに本心は結婚したがっていないのです。女の独身者には男の独身者とはまたちがったいやらしさがあります。男の場合は結婚を用心ぶかく避けているずるさ、卑怯さ、女の場合は結婚に対する劣等感と妙なばか正直さ。そして男の独身者がいつまでもホーケイ的知性をたもつのに対して独身女はカマトト的みずみずしさをたもっています。しかしこういう女性は男を愛することができずまた愛されもしないまま崇高な処女を保存しているわけで、いくたの愛を経験しながらオールド——いやハイ・ミスになってしまった女性となると、これは話がまた別であり、これからわたしがとりあげるのはそのタイプの女性です。つまり（1）の場合になります。

円地文子さんの『朱を奪うもの』の滋子はわたしとたいへんに性向の似た女性ですが、この滋子の結婚のしかたにはなかなか興味ぶかいものがあります。彼女は、一柳という男との愛に幻滅をおぼえ、ほかのどうでもよい男と結婚します。この相手の宗像という男について滋子は、「愛情を感じるには一番縁のなさそうなこの男が結婚後の自分をもっとも拘束しない夫であり得るかも知れないと狡く高を括る」のです。そして彼女は結婚し、「滋子の仮面の顔は白い桜を背にして霞んでいた」で小説は終ります。

女は男を愛するか、軽蔑するか、しかできません。ほんとうは愛せないのに「愛と信頼にみちた結婚」という欺瞞のなかで生きていくよりは、最初から軽蔑すべき男とみきわめて結婚するほうがましです。つまり妻という仮面をつけてやっていけばいいのです。ただしこの仮面はいつでもとりはずせるようにしておかなくてはいけません。

滋子の結婚はけっしてやけくその結婚ではありません。男を愛したが棄てられたので、コウナッタラダレトデモ結婚シテヤルワ——これでは最低です。わざと気にくわない男と結婚して石臼のごとき悪妻となることによって、男全体に、いやむしろ自分自身に復讐しようという女性がしばしばいるものですが、夫こそいい迷惑です。こんなみみっちい復讐をしてもしかたがありません。滋子の場合は、結婚というフィクションを利用して仮面をかぶって生きていこうというのです。そしてこの結婚は、叔父の家にひきとられて面倒をみてもらってきた生活からとりあえず逃げだすための方便にすぎません。

さて、女が愛に破れたあげくだれとでも結婚する気になったとき、ここで彼女はどうしたらいいか？　ほんとにだれとでも結婚してしまうべきか？　とんでもないことです。だいたい、女性は計算高いようでいて、こと結婚に関するかぎり案外そうではありません。多くの女性は自分の描いた「抽象的美徳」と結婚します。やさしくて、理解があって、まじめで明朗で飾りけがないｅｔｃ.、ダカラアノヒトヲ愛シテルワ、といってもじつは自分で勝手にこんな幻をつくって愛しているにすぎないのです。そこで、すでに愛の幻滅を味わいだれとでも結婚できる心境に達した女性は、ここでひとつ徹底的に相手を選んでみることです。それも幻のような美徳よりは、眼にみえる肉体の美徳、収入の多少、地位、有能さ、頭のよさｅｔｃ.をみて選ぶことです。

ダレトデモ結婚シテヤルワと思ったとき、女ははじめてほんとうに条件のいい結婚を選べる立場に立っているのです。わたしとあなたがたがいに選びあう恋愛結婚は？　ああ、そんなものは偶然の衝突のようなものにすぎません。女は電車のなかで自分の足をふんづけた見知らぬ男を愛してしまうものです。が、いったん愛してしまえば、愛は怪物で、これを細く長く結婚という檻のなかで飼っていく算段なんか忘れるがいい、愛シテイルとは死ンデモイイということ、これは結婚というフィクションをすでにはみだしています。結婚生活のなかにある「愛」の正体は習慣となった性行為と共犯者同士のある種の intimité（したしさ）、それにがまんということで、これは恋や愛とはなんの関係もありません。愛に失敗して結婚しようという女性は、このことを知っているだけでもしあわせです。

そこで要するに、愛ニ破レタカラダレトデモ結婚シヨウ、とマゾヒスティクな気分にならないで、数多クノ愛ヲ大イニ愉シンダカラ、ココイラデ就職トシテ結婚デモシヨウカナ、というふうに考えるべきです。こうなると、ダレデモイイワなどとは断じていうべきではありません。愛のための結婚という幻想をすてて結婚しようとする女性こそ、自分の好きなフィクションを選べる立場にいるのですから。アノ男ナラ条件モヨクテガマンデキソウダカラ良妻賢母ノ仮面ヲツケテヤッテイコウ。これはまことにおそるべき悪女であって、世の男性諸君は今後この種の悪女の増加に怯えなくてはなりません。それがいやなら、男性は結婚というフィクションの廃止にとりかかるべきではありませんか？

（婦人公論1964・12）

妖女であること

かつては秘儀であり魔術の一種であった小説書きの技術が、近年、避妊や編物なみに、ひとつの平均的な技術として、家庭の主婦のあいだにまで普及してきたようです。主婦は身につけたこの技術によって注文をこなしていけば、小説書きをりっぱに内職としていくことができるわけです。ここで外職といわずに内職というのは、それがまさしく主婦の、家庭のなかでの仕事であるからです。ともかく、こういう主婦作家の輩出は一面では小説の隆盛を物語るものといえましょう。ただしバザーに出品された刺繍やレース編みのような小説がさかんにつくられることは、一方では小説を作文に変えてしまうことにもなるのですが。

主婦であることと小説書きの仕事とは両立するのだろうか、といったばかばかしい問題が結構まじめにとりあげられるようになったのも最近のことです。ひと昔まえまでは、女流作家といえばおおむね男にだまされ結婚に失敗し、女工、女中から娼婦にいたるおびただしい職業の系列をめぐり歩いた女でなければならない、といった一定のイメージができあがっていたものですが、近ごろでは、女流作家もまた高級な内職の技術をもった健全な家庭の主婦にすぎない、というイメージが次第に力を得ているようにみえるのは、まことに結構なことだといえましょう。もっとも、古今東西を通じて、真に主婦であってかつ作家でもあった女性はただのひとりもみあたらないことも事実ですが、もしも小説書きであってかつ主婦でもあるという女性がいたとすれば、彼女は世間のてまえ、主婦であることのほうを演じているのでしょう。そしてこれは、じつは小説を書くことよりもはるかに至難のわざなのかもしれません。

もともと男にとっては結婚も家庭もひとつのフィクションにすぎませんから、夫、父、一家の主人といった形式を無難に演じることは案外やさしいことでしょうが、女にとっては家庭は生きるということの実質そのものです。いくらなんでも、生きること自体をひとつのフィクションとして演じようというのは、そらおそろしいたくらみであり詐欺行為です。じつはわたし自身もこれをたくらんでいて、ばか正直にも、『妖女のように』や『結婚』という小説に、この詐欺の顚末を書いてみたものです。

ほんとうは女ではないのに、女の姿かたちをもっていることを利用して生きていこうというのはいかがわしくあやしげなことですがこのあやしさと、女の形をした人間が小説を書くということは、かならずひとつになっていて、シャム兄弟のように切りはなせないものです。円地文子さんの近作『小町変相』には、子宮をえぐりとられた老女があらわれますが、じつはこのばけものじみた女こそ、小説を書く女の正体ではないかとわたしには思われます。いわば、生まれたときから女の胎をもたず、そのかわり体内に、ことばを分泌する虚無のくらやみをかかえた女が小説を書いたりするのでしょう。これは妖女です。妖女とはつまり、女の形をしたばけもののことです。わたしは最近こういう妖女を書くことに関心をもっており、そのためにわたしの小説の女主人公はしばしば作家となります。この設定は必要な仮定であって、べつにわたしは私小説を書いているわけではありません。今度冬樹社から出版される予定の『妖女のように』をはじめ、最近のわたしは一見私小説的な小説をいくつか書いていますが、これは作家というものが、必要なら自分の死体を自分で解剖するようなことをやってのけるということのひとつの例にすぎません。

そんなふうにして小説を書いているわたしも、妖女、すなわちばけもののひとりなのでしょうか。

（冬樹1965・2）

主婦の仕事

近年、電気洗濯機、電気掃除機、ついには電気皿洗い機まで進出するに及んで、家事の機械化はどこまでも進む傾向にあるようです。これが主婦の雑役を軽減してくれるのは結構なことですが、そのうちに、料理も冷凍食品を電子レンジに入れるだけという時代になると、主婦の仕事はほとんどなくなってしまうかもしれません。マルクスによれば、資本家は労働者を搾取することによって資本家である、ということになっていますが、それならオートメーション化が進んで無人工場が出現したあかつきにはだれを搾取するのか、という変な議論もあるそうで、これに似た議論をすれば、家事のなくなった主婦はもはや主婦ではない、というべきでしょうか。しかしともかく戦後は、家事のオートメーション化によって主婦を家事という「重労働」から解放すべきだ、という考えかたが支配的で、またこのような労働節約化こそ女性が「家」に縛られない「近代女性」となるための前提条件であると考えられているようです。

もともと、家事というのはこまごました「もの」とのつきあいであって、包丁を握ったり、かたづけものをしたりすることで自分の手と「もの」との関係を保ち、それが主婦の生活のたしかさとなっていたのですが、かりに万事が機械まかせになり、主婦が機械の番人になってしまうと、家事、つまり機械の番はかえって単調で退屈なものになるのではないでしょうか。そしてこのつまらない家事労働をはぶくためにさらに機械の助けを借りて、ますます家事をつまらないものにしているのではないでしょうか。

他方、家事の時間を節約すれば暇ができますが、これがまた厄介な問題のたねになります。三食TV昼寝つきで閑居していてろくなことがないのは、べつに女性が小人（しょうじん）だからではなくて、余暇の使いかたというものが大変むずかしいからです。暇にまかせてTVをみたり本を読んだりすることで、女性が賢明になったり教養が身についたりものを考える力ができたりするわけではなく、大概はTVの画面でマッサージをうけてよからぬ夢がふくらみ、欲求不満がつのる程度のことでしょう。自分の手でものとつきあうことをしないでねそべっていると、精神のほうも倦怠でふとり、想像力が充血するばかりです。これはたしかにあまり好ましい状態とはいえません。なにかをしたほうがいいのです。妄想を消すには「もの」とつきあうこと、忙しくからだを動かすことが一番です。

「もの」とつきあうかわりに「ひと」とつきあうのもひとつの行きかたです。アメリカの主婦などは「もの」とのつきあいを減らして、その分を「ひと」とのつきあいにまわそうとしています。これは例のパーティをはじめとする社交にかぎったことではなく、要するに家庭から外に、社会に出ること、たとえば外で仕事をみつけて働くこともふくみます。そうなると、この女性はもはや主婦ではなく、たんに結婚したひとりの女、つまり何某夫人というわけで、日本ではまだここまでは来ていません。そのかわりに、日本の主婦は、主婦であることを減らした分だけ「教育ママ」であることや、要求多い妻であることをふやしたりしてるようです。しかし「もの」とつきあうことを減らして、「ひと」、それも自分の子どもや夫とばかり濃密につきあうのは、あまり感心できないことのように思われます。それは子どもと夫の両方をだめにします。太宰治が「家庭の幸福」を毒づいた気持ちもわかるような気がします。

家にいて終日家事に忙しい主婦であるか、外に出て働くミセス××であるか、この両極端がわたしにはいずれも好ましいようにみえながら、結局は中途半端なところにとどまっています。

家のなかではなるべく「もの」とつきあう主婦であること、主人や子どもとのつきあいは淡くすること、暇ができれば小説を書くという形で想像力にタガをはめること、そして小説書きを通じて「ひと」とつきあうこと、いまのところわたしにはそんな生活しかできないようです。

（婦人生活1969・4）

やさしさについて

男性が女性に期待するもっとも女性的な美徳は何かということでアンケートでもとれば、それはいまでも、恐らく「やさしさ」ということになりそうである。それだけ希少価値があるからだろうが、私などはその美徳に恵まれていることにかけては誰にもひけをとらない。しかし私がやさしい人間である理由は簡単で、要するに誰に対してもなかなか「ノー」という一言がいえないたちだからである。

「ノー」といえないのは、相手の気持がわかりすぎるからであるらしい。相手の欲することと、欲しないことがよくわかる以上、できることならその相手の意を通してあげたいのである。

「己所不欲、勿施於人也」というわけで、孔子なみに「仁」あるいは「恕(じょ)」、つまり思いやりが私にとっては「一言而可以終身行之者」(一言にして以て身を終ふるまでこれを行ふべき者)なのであるが、人に「ノー」といわれるのは私自身も欲せざるところだから、人にも「ノー」といいたくないのである。それなら人も私には「ノー」といわないでくれるだろうか。私としては他人に「ノー」といわれそうなことは極力しないように努めているつもりであるが、ときには向うからわざわざ近づいてきて私の耳もとで「ノー」とどなる人もいる。また、人は私が「ノー」といわなければならないようなことを最初からひかえてくれるほど「恕」に富んでいるだろうか。これもさにあらずである。逆に人は私のやさしさをいいことにして、私に対して私の欲せざるところを要求してやまないのである。世間にはそういう不逞の輩(やから)ばかり多くて、私のようにやさしい人間はつねに被害をこうむることになる。というようなことを臆面もなくいわなければならないほど、私のやさしさは手痛い傷を受けているのである。

それがわかっていても、やさしい人間はやさしさを捨てて強くたくましく図々しく生きるということができないのであって、これはむしろ審美的な問題なのである。つまり私には、それがはるかに得だとわかっていても、他人の顔を硬い丈夫な足の裏で踏みつけるような生きかたはできない。それなら自分がそういう目に会って我慢するほうがましだ、とまではいえない。そこまで来れば私は聖女である。いまのところ私は八方美人という美人の一種にすぎないのであって、聖女へのみちは遠いようである。

いずれにしても、やたらに「ノー」という棘(とげ)をはやしたり、エゴという甲羅(こうら)で身を固めたりするよりも、不定形、伸縮自在の軟体動物のようにして生きていくのが恰好もよく、肩も凝らなくて楽ではないだろうか、というわけである。これが私の意志、これが私の個性、これだけは絶対に譲れない私の良心、これが私の思想信条、これが私の信じる神、といったものはなるべくもたずに、軽装備で生きることにすれば、自分というものは無で、相手の意のままに踊ることができる。

それが女性の美徳としての「やさしさ」であるといえば、そんな人形みたいな女性は現代に生きる資格がないとか、それは女性に忍従を強いる男性の陰謀だとか、おきまりの異論がきこえてきそうである。しかしそんな反対をとなえる女性は、少なくとも sophisticated lady と呼ばれる資格がない。「ノー」を使わないで生きるには大変に高度かつ複雑な技術を要する。それがうまくできる女性は間違いなく sophisticated lady である。

もともと、sophistication は sophism と同じで詭弁という意味をもっている。だから sophisticated lady といえば、詭弁を弄し、「ノー」を使わずに「ノー」の意を伝えることができる程度に悪ずれがしていて、頭の働きも精妙複雑で、教養も無論ある女、ということになっている。

これに反して、平気で「ノー」を連発するには大した sophistication もいらない。勇気さえあればよいのである。ところが真の勇気というものにはあまりお目にかかったことがなくて、大概は図々しさか鈍感さがいいにくい「ノー」をいわせているにすぎない。

「ぼくと結婚してくれる？」

「いやです。あなたは嫌いですから」

万事がこの調子で運ぶならsophisticationの苦労などおよそいらない。そのかわりにこの女性はその場で撲殺されても仕方がない。私なら撲殺されるのはこわいから、「ノー」とはいわない。

「ぼくと結婚してくれる？」

「ええ、いいわ。あなたがそれをお望みなら」

「そんなことをいって、きみのほうはどうなんだ？」

「わたしのことより、あなたがそういって下さったのが嬉しくて、とてもお断わりできないと思うの」

「ぼくを愛してるんだね」

「わからないわ。でもあなたがそう思いたいなら、あなたを愛していることにしてもいいわ」

これでは相手も毒気を抜かれてしまう。

しかしこの場合、「やさしさ」とはたんに「ノー」といわずに曲りくねったいいかたで相手をはぐらかしたり押しかえしたりするテクニックのことではないのである。この相手が熱心に結婚を望めばほんとうに結婚してしまうのが本物の「やさしさ」なのである。つまり、やさしい女性は、結婚という人生の重大事だから是が非でも自分の意志を通さなければ、などと硬直した考えかたはしないのであって、結婚程度のことは熱心に望んでくれる人がいればそれを受けてしまうのが一番ではないか、と考えるのである。やさしさは風のようなもので、物事にあまり深刻に執着していては野暮になるばかりで、やさしさともsophisticationとも無縁になる。

「きみとはどうも性格が合わない気がする。ぼくたちは別れたほうがよさそうだ」

「そうね。あなたがそうおっしゃるなら、やはり性格も合っていないんだわ。それでは別れることにしましょうか」

という工合に、やさしい女性はここでも「ノー」とはいわないものである。

しかしこちらがやさしくても、相手が鈍感で図々しくて、こちらの意のあるところを全然悟らず、または悟らぬふりをして、あくまでのしかかってくる場合はどうするか。結局まえの問題に戻るが、じつはやさしい人間にとってこれが大問題なのである。

硬いぶ厚い足の裏で人の顔を平気で踏みにじるような人間を相手にしては、どんなやさしさもひとり相撲に終わる。

それで私も「ノー」をいえないやさしい人間のひとりとして、この問題には苦慮してきたわけであるが、妙案は結局なさそうである。

自分の意志を通すことだけに必死で、相手の立場を考えてみる余裕のない人間には、かりに少々「ノー」といってみたところで蛙の面に何とかである。相手はこちらの「ノー」

を「イエス」に変えさせるべく、説得、脅迫、泣き落とし、あるいはだましたりすかしたり、あくまでしつこくやってくる。そして私が日頃相手にしなければならないのは、残念ながら（男女を問わず）そういう人たちなのである。世にもやさしい私のような女性がそんなつわもの（というより、したたかものというべきであろう）を相手にしなければならないのは、まことに不幸なことである。そのつわものの名を編集者という。あるいはもっと広く、出版社から派遣されてくる人たちのことである。

この人たちを相手にくりひろげているのは、さきほどの、「結婚しよう」、「いやです」といったお遊びではなくて、「イエス」といわせるか「ノー」といわれるかの闘争であるから、のらりくらりの韜晦（とうかい）戦術や詭弁は通用しない。私がたまりかねて「ノー」といっても、これで闘いが終熄（しゅうそく）することは絶対にない。相手は私の「ノー」を黙殺する。そして私が「イエス」というまでこの闘いは終わらないのである。なにしろ、私の相手は会社の方針を体してやってきているのであり、他社を出し抜けという至上命令、自分自身の昇進、昇給等々がかかっている人間なのであるから、「ノー」ということばで頬を張ったくらいで引下りはしない。しかも私のほうは、どの相手の気持も大いに理解できるので（つまりやさしいのである）、A社の人にもB社の人にも「イエス」といいたいのである。

そうしてこづきまわされるままにおろおろしていると、結局私のやさしさという美徳は八方美人という悪徳に転化することになる。AもBも、私に「イエス」といわせた（実際は「ノー」といえなかっただけのことだが）と称して私のまわりでいがみあいを始め、その結果、もっとも不誠実で、二枚もしくはそれ以上の枚数の舌を使ったのは私だということにされてしまう。

こういうことになるのなら、最初から八方不美人で通したほうがよかったと気づいてもあとの祭である。

以前テレビのドラマに「イヤデスさん」というのがあって、新珠三千代が「イヤデスさん」をやっていたが、私もあんなふうに「イヤデス」を連発できる人間に変貌すべきではないかと思う。しかし私のような（あのドラマの「イヤデスさん」もそうだったが）やさしい人間が「イヤデス」といったところで、相手はにやにやするくらいのものである。「イヤデス」が「イエス」になってしまうのである。「イエス」が形だけ「ノー」になったところで、その女性の sophistication の度合がいささか増大するだけのことで、とにかくやさしさと sophistication では、そのふたつをまったく欠いた人間に対抗することはできないようである。

大昔からこれは真理であった。問題は、昔はやさしい人間が多かったが、当節は減少の一途をたどっているのではないか、ということである。残念ながらこの答は「ノー」ではなさそうで、それというのも戦後私たちが教えこまれてきた民主主義というものによれば、自分の利益になることには胸を張って「イエス」といい、他人あるいはみんなの利益にはなるが自分の不利益になることには「ノー」というのが美徳だとされているからである。つまりこの民主主義は「やさしさ」とは正反対の原理でできあがっているのであって、「ノー」といえないやさしい人間はいつも顔を踏みつけられる思いをしなければならなくなった。つまりこちらのやさしさにやさしさで応じてくれる人間が確かに少なくなったのである。

せめて他人からむしりとった分に対しては、別のものでお返しをするというルールくらい守ってもらえるとこの国の住み心地もかなりよくなるだろうが、この程度に高級なsophistication（世渡りの知恵）もないのが私たちの民主主義である。それはsophisticationとは反対の自然状態に近いものであって、ひな鳥がわれもわれもと口をあけて親鳥に自分の権利を要求してやかましく鳴きたてている状態がこれにあたる。その親鳥とは国家であり、「おかみ」である。

誰に対してもなかなか「ノー」といえない私のようなやさしい人間が、断乎「ノー」といいたいもののひとつがそういうあさましい光景なのであるが、そこまでいってしまっては野暮の骨頂で、sophisticated ladyの名に反することになる。

しかし考えてみれば、こういう題の講座に登場しておしゃべりをすること自体がその人間がsophisticatedでないことを証明しているので、いまさら気にしても仕方がない。そこで繰返しいうが、戦後の日本では民主主義という「神」が普及した結果、人間の（女性も人間の一種である）やさしさが失われてしまった。それでたとえば女性は得をしているか損をしているか、そこのところをはっきりいうには、私はあまりにやさしすぎる。

（Let's 1970・8）

「自己」を知る

それは世にも奇怪な眺めだった。あちこちで癒着を示しているそのくねくねと長い物が自分の腸であるといわれても、そういう観念を呑みこむことは容易でない。先日、腸のレントゲン写真を撮った時のことである。

箸にも棒にもかからない腸だそうで、こんな体でよく二人も子供を産んだものだと医者は呆れていたが、現に子供は無事生まれて大過なく育っている。それに引きかえ、こちらの体調はどうにも我慢できないほど悪いので診てもらった結果がその奇怪な腸の姿である。誰のに限らず、こういう臓器の写真の異様な迫力にくらべれば、いかにグロテスクな効果を狙った前衛芸術も顔色（がんしょく）なしであろうと思われる。

また例えば「自己」などという勿体ぶった言葉がある。それが何であるかは使う人間がその言葉をどう使いたいかにかかっていて、ここで穿鑿（せんさく）しても仕方のない問題に属するが、それを何か神秘的で文学的、要するにとりとめのない夢想の対象に仕立てる前に、一度自分の体内を透視してみたほうがよい。あるいは鏡の前に立って自分の貧弱な裸体を観察するなりまずい顔を眺めるなりしてもよい。そういうものを離れて「自己」などないのである。貧相でグロテスクな肉体とは別に、それにもかかわらず、それだからこそ──なぜそうなのかわからないが──高貴な精神がどこかにあって、それが本当の「自己」なのだと考えることは自由だが、いささか滑稽な気休めであることを免れない。その気休めが妙に昂揚した気分となり、「自己表現」などという観念が出てきて文学なり「芸術」なりがそれであるといわれる時、話は身体のことを離れてますますとりとめのない夢の中のことのようになる。

「自己」などは大層なものでも何でもなくて、またそれの「表現」をいうならば、腸のレントゲン写真にも心電図にも検尿のために採った尿にも「自己」はあらわれている。そして医者はそういうものを手がかりにして病人について判断するが、その点では例えば文章もそれを書いた人間の精神の健康状態を判断する材料になる。およそ人間のすることは、服装、言葉遣いから「芸術」の創造に至るまで、それをした人間を判断する材料になるわけで、この場合、判断とは evaluation なのである。これは「自己表現」がそれ自体で目的でありうるかのように考えている人間にとってははなはだ都合のよくないことであるが、しかし他人は、誰かが「自己表現」をしたその「自己」が劣等醜悪卑小であってもそれが「自己表現」であるからという理由で興味を示してくれたり鑑賞してくれたりするものではないのである。そう思いこんでいるのは無知でなければ甘えであるにすぎない。他人に品定めを受けるのを好まないのならみだりに「自己」などあらわさないほうがよさそうである。

ところで、他人に向って「自己」を表現することに熱をあげる前にしておかなければならないことのひとつに、その「自己」なら「自己」を知るということがある。腸のレントゲン写真を見ることもその一助になるかもしれない。また胃とか肝臓とかに癌ができているのなら、そのことを知るのも「自己」を知ることの一部になるかもしれない。しかしこういう問題については当人よりも専門家のほうが、その知るということにかけては上で、素人は自分のレントゲン写真を見てもどこがどう悪いかについてはかならずしも判断できないということもある。ここからまた、自分のことも素人である自分にはわからず、誰か専門家の判断を仰ぐほかないという考え方も出てきて、これが極端にまで進むと、自分の精神の健康や病気のことも自分にはわかるはずがないのだから、絶えず精神科の医者に診てもらいその指導と管理の下に生活しなければならないということになる。それが普通に行われているのが例えばアメリカ式の生活で、歯医者か美容院にでも出かける調子で毎週精神分析を受けに行くのをおかしいとも思っていないアメリカ人を見て、最初はこちらがおかしくなった。自分の精神の取扱いも、科学、というより専門家に任せるのが当然というこの態度を説明するのにいろいろ考えたあげく、日本に帰って自分で子供を育てているうちにようやくわかったことのひとつは、それが何ごとも母親なら母親に面倒をみてもらう幼児の場合と同じだということだった。ある種の人間は、大人になってもその精神のおむつを取替えてもらったりかぶれた精神にベビーパウダーをつけてもらったりすることを必要としているのである。それもやむを得ず、ではなくて、進んでそうすることで自分の科学的な生活態度に満足をおぼえるのである。

しかし精神のことはしばらく措くとして、体のほうも、それを一日、あるいは一分でも長く生存させることが目的であるならば、すべてを専門家の厳重な管理にゆだねなければならないことに今日ではなっている。医師という専門家は一秒でも長く心臓を動かしておくのがその仕事であり、病人のほうもそれを望む以上は、その目的にかなったあらゆる手段を強制されるのも止むを得ない。その結果、ともかく生存だけはいくらか延長することができたとして、それで生きたといえるかどうかは別問題である。

好きなことをして、好きなものを食べて、それで死ぬことになれば死ねばよい。こういう考え方は恐しく無謀、というより自暴自棄のように見られがちである。しかし大概の人間はそう無茶はしないもので、ただ、自分で生きている心地もしないような生存を続けることが至上の目的とは思えないだけのことである。一方、自分の健康に細心の注意を払い、何を犠牲にしてでも長生きしようと努める人は、そういうことが趣味なのだというほかない。趣味だからこそ、自然食、菜食、何とか療法、人間ドック、体操、禁酒禁煙等等を執念深く続けることができるので、これはその趣味のないものには到底真似のできることではない。同じことが金儲けについてもいえて、何故かわからないが一銭でも金をふやしたい人間は、その目的を追求する際にケチといわれることなど物の数ではないのである。

そこで何のために一秒でも長く生存したいのかということになる。それが本能だということはほかの動物を見れば納得が行くことで、確かに人間だけが例外であると見る理由はない。しかしそれ以外に自分だけの理由を考えてみれば、そこには今自分が死んでは困るという事情が誰にでもあり、例えば妻子とかやりかけている仕事とかが一応頭に浮ぶ。それが自分の場合何なのかを知ることも「自己」を知ることのうちに含まれる。しかしそれがなくて、あるいはわからなくても、「自己」の生存の延長だけを目的にして生きつづけるようになるのが老人になるということなのだろうか。そこまでは、自分がそうなってみない限りわからない。

（1972・4）

夜　その過去と現在

夜の魅力は何といっても夢魔がやってくることである。ここでいう夢魔とは、夢の中に現れて跳梁（ちょうりょう）する魔物のことではなく、どんな姿をしているのかわからないけれども、夜になるとかならずやってきて、眠っている私の頭に入りこみ、夢を分泌してくれる魔物をさす。そんなものがいると仮定して話を進める。

若い頃はこの夢魔もなかなか才気煥発なのか意欲的なのか、とびきり変な夢を見せてくれるので、私は夢を見ることの達人のように思って、一人で得意になっていた。目が覚めると、見たばかりの夢を忘れないように（夢というものは誰でも見ているものらしいが、大概は目が覚めたとたんにそれを忘れてしまう）反芻しておく。そのまま書いたら小説になりそうだと、興奮してますます嬉しくなる。内田百閒の『冥途』などに出てくる変な小説はどうやら夢を材料にしたもののようであるから、自分もその路線を狙ってみようというわけだった。しかし考えてみると、夢というものは、自分ではとびきりシュールレアリズム風で意味ありげに思えても、実はほとんどが大して面白いものではなくて、他人に話してみると、誰も面白がってはくれないものである。自分には特別の才能があって、やってくる夢魔も特別の創造力をもった芸術家タイプのものではないか、などと思ってみても、実際はそんなことはないのだった。そのことに気がついてからは、夢を材料にして小説を書こうなどとは考えなくなった。

責任のない子供の頃や責任を負わないで生きていた若い頃には、こうして勝手な夢を見て嬉しがっていることもできた。年を重ねるにつれて、いろいろな重荷がかかってくるし、物事は思うようにはいかないことが多くなる。昼間はいやなことの処理に忙殺され、夜も遅くまでその続きに追われて睡眠時間が足りなくなると、夜はもはや面白い夢を見せてくれる夢魔の訪れる時間ではなく、泥のような苦渋の中で眠り、その間にも片づかない雑事の重みが、泥の上からのしかかっている。夢も見ないで（見てもそれを思い出して記憶にとどめる余裕もなく忘れ）朝は泥のような疲労の中で目覚める。大げさに言えば、仕事に追われている人の生活は大体そういうもので、夜の魅力はほとんど失われることになる。そこで人は酒を飲む。飲める人なら飲まずにはいられなくなるものらしい。酔いは夜の時間の経つのを遅くして、いくらかは人心地のついた気分にしてくれる。

しかし本当なら、夜はこういうことをしてみたい。窓の外に夜の「黒さ」が次第に降り積って深夜に近づく頃、窓際のソファにもたれて本を広げ、その本の上に円筒形の光をあて、ゆるやかに流れる時間に体を浸す。その時に読む本は吉田健一全集の一冊であればどれでもよい。かたわらにハーベイのアモンティラードを置く。時おり琥珀色の液体を体に流しこんで、脳を潑剌と働かせる薬とする。こうして佳境に入ると、窓の外の黒い世界に、太陽が見えてくる。これが「真夜中の太陽」である。それはいつのまにか姿を現して、一抱えもある暗黒の球体、というよりも少しぶよぶよした果物のように、窓から遠からぬあたりに浮んでいる。まわりの闇よりも一段と黒いようでもあり、灼けるように赤くもある。

この「真夜中の太陽」を何度か見たことがある。それが目を開けている時に見たものか、夢で見たものかは、今となってはさだかでない。ともかく、「真夜中の太陽」がそこまでやってきた時が私の至福の時であって、それを待つためには、右に書いたように、吉田健一なりハーベイなりを用意して、態勢を整えなければならないのである。

残念ながら、大人になってからは、そうやって夜を過ごすことなど夢のまた夢となった。主婦は夜遅くまで雑用が絶えないし、深夜鬼女の顔をして小説を書いたりするのはもっと悲惨である。そもそも、ものを書く人はなぜ大概夜書くのか。銀行員のように、役人のように、昼間、きちんと執務するスタイルで書く人もいるが、ほとんどの人は、夜、それも深夜起きていて書く。夜が霊感を与えてくれるように思うのは嘘で、私の場合でいえば、あの夢魔が来てくれるのは眠ってからのことである。深夜目を赤くして書いているのは、昼間できなかったことをやむをえず夜やっているだけで、それはあくまでも仕事である。

そういう生活が続く時の夜は、ただ泥の中で眠るだけで、泥の中で目が覚めた時にはすでに疲労困憊(こんぱい)している、ということもすでに書いた。

ところで、老年にいたって事情が変わった。老年というのは、私の場合、五十歳以降をさす。もともと故障が多くて病気との付き合いには慣れていたつもりだったけれども、ついに付き合いきれない奇怪な病状が現れたのである。高血圧、冠状動脈硬化その他もろもろはまだいいとして、左耳に自分の心拍音(それも不整脈の)が響きわたるという奇怪な症状については「頸動脈海綿静脈洞瘻(ろう)」という病名をあてがわれたり、いやそうではないといわれたりで、結局はよくわからないし、治す方法もわからない。これ以上負担の多い検査を繰り返したりメスを入れたりすると、そのまま命を失いそうで、その点私は「名医」を神様か教祖様のように信じ、すがるという気持にはなれない人間である。

こうして自分の心拍音を聞きながら生きているのは発狂しそうな状態なので、そうなってからは、夜を迎えるのが怖くなった。まず、黄昏時とか夜の帳(とばり)が下りるとかいう、あれがいけない。夜が近づいていると思うだけで鬱々としてくる。要するに老人性の鬱病なのかもしれない。

李商隠(りしょういん)の「楽遊原」という五言絶句、「向晩意不適　駆車登古原　夕陽無限好　只是近黄昏」には、日暮れに近づいてなんとなく心がはずまない(意適(かな)わず)とある。それはわかるけれども、夕陽が限りなく美しい(夕陽無限好)という気分にはなれない。

そして夜になる。夜になると怖い。まずは眠れない恐怖がある。夜が更けて外界の物音が減って静かになればなるほど、例の自分の心臓が打つ音を聞かなければならなくなる。これではとても眠れたものではない。その眠れない夜が、秋とともに長くなる。秋の夜長に本を読むことができるなら申し分ないが、今はそんな状態にはない。長い本を読むのも書くのも無理である。

夜も更けて物音が消えてしまうと、自分の体の中で、祇園精舎の鐘の声ではないが、諸行無常、いや、むしろ死を知らせる鐘の音が響きわたる。生きている証拠に心臓が動いているのだから、その音を恐れる必要はないとも思われるが、実際にはいつ止まるかもしれない心臓の鼓動を聞くのは恐怖である。

長き夜や生死の間にうつらうつら（鬼城）

私の場合はまだ脳は覚醒しているので、うつらうつらという状態ではない。うつらうつらとも眠れないのである。

しかし例の音が自分の内部から発する音だと思えるうちはまだいい。やがて、それは宇宙そのものの発する音のように思えてくる。この音を発し、この音を聞いているのが自分だか宇宙だかわからなくなる。宇宙と自分は境界もなくなって一つになっているかのようである。それは宇宙と融合する歓喜、といった気楽な感覚ではない。これは絶望的な感覚というほかなくて、つまりここにあるのは宇宙だけで、自分というものは、実はもう「ない」のではないかと思うのである。

これは怖い。自分が存在しないという感覚は怖い。小さい頃には、死が重い足音で近づいてくる夢を見たことがある。中世の騎士のように、重い甲冑を着て、死神が歩いてくる、というのは子供らしい空想で、今はそんなお化け屋敷じみた恐怖とは縁がない。

とにかく自分が存在しないかもしれないという状態に陥ると、あのCogito, ergo sum（私が考えているのだから私は存在する）も大した助けにはならない。あるいは、こうして怖いということが私が存在する証拠なのかもしれない。

さて、夜になってこの内部だか宇宙だかの発する音を聞く恐怖に対処するためには、別の音を出しておくことが必要になる。あたりが静かになれば例の音だけが聞えてくるのだから、とりあえず何か音を出しておかなければならない。そこで夜の音楽が必要になる。本当は恐怖の音を遠ざけてくれるものであれば雑音でも何でもよいが、しかし人の話声だけは困る。イヴリン・ウォーの『ピンフォールドの試練』には、船内に張り巡らされた伝声管と自分の耳の回路とが直接つながっていて、いつもどこからか人の声が聞える、という状態が描かれている。その声はどうやら自分の悪口を言っているらしい。こうなると立派な精神病の世界である。私の耳に聞えてくるのはこんな他人の声ではない。それは宇宙そのものが鼓動しているような音である。

夜の静けさを消すためにはやはり音楽がよい。といっても、舞踏会や夜会の音楽では困る。私はそんな社交の空気を楽しむ気分ではない。そこで夜にふさわしい音楽、といっても特別の音楽である必要はなくて、音楽らしい音楽であればよい。ただし夜のムード音楽、といったものだけは願い下げにしたい。

いろいろ考えてみると、まずはチコ・ハミルトンの「ブルー・サンズ」あたりから始めるとよさそうである。昔、「ミッドナイト・ジャズ」というラジオの番組はこの「ブルー・サンズ」で始まっていたことを思い出す。それからジョン・コルトレーンの演奏する「夜は千の眼をもつ」あたりがよい。極めつけはラベルの「夜のガスパール」である。これはグルダかサンソン・フランソワのピアノでもいいが、好みからするとイーヴォ・ポゴレリッチの弾いたものがいい。

とはいうものの、音楽に関しては気に入ったものを何度でも聴くとか、絶えずそればかりを聴くとかいうのは私の流儀ではない。音楽は何度か聴いて脳に記憶されてしまうとともう御用済みとなる。だから夜の恐怖を遠ざけるための音楽も、できればその都度新しいものである方がよい。CDを数千枚も用意して、その中から、夜の恐怖よりも恐怖である演歌などのCDを捨て、残りを手当り次第に死ぬまでの間かけつづけることを考えてみたけれども、できそうにもないので、今は気に入ったものを繰り返しかけて、その音で夜の無音を遠ざけておくしかない。

実は近頃では例の奇怪な音のほかに、奇怪な画像も現れるようになった。こちらは具象画と抽象画の中間のような絵で、テレビの画面に現れる映像とは違う。どうやら、昔のあの夢魔がふたたび活動を開始して、夜になると私の脳に直接いろいろの絵を送ってくれているらしい。夜の部屋の中で恐怖の音を聞きながら、クレーやデュフィやアンソールその他の絵を思わせる画像が脳のスクリーン一面に広がり、それが崩落しては次の絵が現れるのを眺めるのは悪いものではない。音と違って、画像の方はどんな奇怪なものが出てきても怖くない。鬼や化け物のお面が群衆のように押し寄せてくる絵を見せられても、怖くはない。さすがにこれをそのまま絵に描けば見事な作品になる、などとは思わない。これは自分だけの楽しみとして眺めるにとどめ、時々薄笑いを分泌する。

こうして夜を過ごすのである。現在の私の本当の世界は昼ではなくて夜に属するようになった。昼間の世界はすべて嘘のように見える。死に近いところまで来てしまった以上、自分の世界は夜の様相を帯びているのが自然なのである。

（サントリークォータリー1995・10秋号）

解説

古屋美登里（翻訳家）

この随筆集に収録された三十一篇のうち、三分の二にあたる二十篇が、一九六〇（昭和三十五）年から六九年までに書かれたものです。この十年は、全学連と全共闘の政治的闘争が繰り広げられ、キューバ危機が起き、ベトナム戦争があり、戦後の歴史のなかでも政治を意識せずにはいられなかった激動の時代です。倉橋由美子にとっても二十四歳から三十四歳までにあたるこの十年間は激動の時代でした。

六〇年一月、第四回明治大学学長賞を受賞した「パルタイ」が〈週刊明治大学新聞〉に掲載され、二月に「文學界」（三月号）に転載されて倉橋は華々しいデビューを飾ります。そして「貝のなか」（「新潮」五月号）、「非人」（「文學界」五月号）、「蛇」（「文學界」六月号）、「婚約」（「新潮」八月号）、「密告」（「文學界」八月号）と立て続けに短篇を発表していきます。清楚で品のよい作家の佇（たたず）まいと硬質でときに過激かつグロテスクな作品とのギャップ、当時としてはまれな女性の大学院生という立場が注目され、若者たちの憧れの的になり、ここに「作家・倉橋由美子」が誕生しました。この一年間に雑誌などに掲載された短篇は九篇、エッセイは十一篇です。第一部に収められた「政治の中の死」は、六月十五日に安保反対を主張する全学連のデモ隊が国会議事堂に突入した際、デモに参加していた東大生の樺美智子が死亡したことを受けて書かれ、〈週刊明治大学新聞〉に掲載されたものです。

六一年には短篇を六篇と、初めての長篇小説であり、二人称の文体が話題となった『暗い旅』（東都書房）を発表します。そして『パルタイ』で第十二回女流文学者賞を受賞。六二年二月に父が五十三歳で急死したことをきっかけに、退学して生まれ故郷の高知県に帰ります。第三部の「田舎暮し」はこのころに書かれたものですが、牧歌的に見えるエッセイのなかにも、「他者とのたたかいと対話とが『自分』という空洞をつくっており、孤独とはこの空洞のことをさすのかもしれません」という倉橋ならではの一文が入っています。

六三年にも精力的に短篇を発表し続け、「その作家活動に対して」第三回田村俊子賞を受賞。第三部の「ある破壊的な夢想――性と私――」「女と鑑賞」はこのころに書かれました。前者で示された「ユートピア」の姿は、まことに挑発的で新しい発想でした。

六四年には、第一部「性と文学」、第三部「性は悪への鍵」「誰でもいい結婚したいとき」が書かれています。「三十歳を越えて独身でいる人間は例外なく知的である」（「ある独身者のパーティー」）というチャーミングな言葉を残したのはこのころでした。この年の末に二十九歳で結婚。

六五年に入ると著しく体調をくずしましたが、そんななか、近親相姦（インセスト）をテーマにした時代の先端をいく長篇小説『聖少女』（新潮社）を発表。「いま、血を流しているところなのよ、パパ」というフレーズは多くの女性たちに衝撃を与え、文学少女のバイブルとなった一冊です。第一部「純小説と通俗小説」、第二部「『倦怠』について」「『綱渡り』と仮面について」、第三部「妖女であること」はこの年に書かれました。

六六年六月、フルブライト奨学金を得て渡米。アイオワ州立大学大学院のクリエイティヴ・ライティングコースに入学。渡米前に書かれたのが第一部「インセストについて」、「小説の迷路と否定性」、アイロニーとユーモアに満ちた「毒薬としての文学」、第二部の「青春の始まりと終り――カミュ『異邦人』とカフカ『審判』――」です。「小説の迷路と否定性」では、KやLという記号を使った自作について手の内を明かし、「小説とは、《ことば》によって、またあらゆる非文学的な要素を自由に利用して、《反世界》に《形》をあたえる魔術である、あるいはその《形》が小説である」と述べています。また、三十歳以降は「老後」であるとし、「《世界》に毒をもり、狂気を感染させ、なに喰わぬ顔をしながら《世界》の皮を剝（は）ぎとったり顚覆（てんぷく）させたりすることをくわだてる文学」をめざす（「毒薬としての文学」）、という言葉は実に印象的です。

六七年に帰国すると神奈川県伊勢原に居を移し、六八年に長女を出産。ギリシャ悲劇に材を取った小説『反悲劇』（河出書房新社）の四部作の連載を開始します。「ヴァージニア」（「群像」十二月号）、「長い夢路」（「新潮」十二月号）を発表。この時期に書いたのが第二部に収められた「坂口安吾論」です。「『他者』という変数を手がかりに」し、自身の小説観を明確に示し、「他者という仮面をつけること、カフカによれば『わたし』が『かれ』になること、これが小説の秘密なのです」と述べています。

六九年には、カフカ的不条理の世界の滑稽さを描いた『スミヤキストQの冒険』（講談社）を刊行。第一部「なぜ書くかということ」「青春について」「安保時代の青春」、第三部「主婦の仕事」を含む二十九篇のエッセイを発表しています。「青春について」には、本物の新しい文学を知ることが「他人を発見すること」であり、「文学を解毒剤として長い青春から抜けだすことができた」という一文があります。「安保時代の青春」はこの十年間の総括として書かれたような文章です。「学生の騒動になんとなく共感をおぼえるという人は、一度自分の心のなかをのぞきこんでいただきたいものです。わたしなら、そこにヒトラーを呼び求めている心理のメカニズムをみます」という洞察力に満ちた言葉はいま読んでも新鮮で、まったく古びていません。

さて、七〇年代は変化の十年と言えるでしょう。七〇年六月からスワッピングとインセストを扱ったことで注目された『夢の浮橋』の連載が「海」（七月号）で始まります。『源氏物語』や谷崎潤一郎の作品に影響を受けた典雅で官能的な世界を描いたこの作品で、非の打ち所のない佳人として桂子さんが登場します。

七一年に次女が誕生。七二年にポルトガルに一家で移住。七四年に帰国し、七五年から『倉橋由美子全作品』（全八巻、新潮社）の刊行が始まります。各巻末に「作品ノート」という自作解説をつけ、影響を受けた作家や作品、創作の秘密について語っていますが、全集で作家自らがこのような解説をつけたのはきわめて珍しいことでした。七七年には初めての翻訳書『ぼくを探しに』（シェル・シルヴァスタイン著　講談社）を刊行します。

このころに書かれたエッセイが、第一部「なぜ小説が書けないか」、第二部「英雄の死」「吉田健一氏の文章」「『日本文学を読む』を読む」、第三部「やさしさについて」「『自己』を知る」です。とりわけ三島由紀夫の死を悼む「英雄の死」は、ひとりの天才への哀惜の念のこめられた優れた作家論であり、「吉田健一氏の文章」は、愛してやまなかった吉田健一を讃えるみごとな追悼文となっています。「この上等の葡萄酒と同じ性質の文章を書いたのは吉田健一氏をもって嚆矢とする」という一文が胸を打ちます。

八〇年代は作家としてもっとも充実していた十年で、後期の物語性を追求した幻想的な倉橋文学はこの時期に完成を見たと言ってもいいでしょう。『大人のための残酷童話』（八四年　新潮社）、『倉橋由美子の怪奇掌篇』（八五年　潮出版社）、女性だけの世界を諷刺的に描いた『アマノン国往還記』（八六年　新潮社）、さらには『夢の浮橋』の主人公桂子さんとその縁者を中心に物語が展開していく『城の中の城』（八〇年　新潮社）、『シュンポシオン』（八五年　福武書店）、『ポポイ』（八七年　福武書店）、『交歓』（八九年　新潮社）、『夢の通ひ路』（八九年　講談社）、『幻想絵画館』（九一年　文藝春秋）などの一連の作品も書いています。前期の作品にもまして、倉橋の教養の幅の広さと深さ、芸術一般への造詣（ぞうけい）の深さがうかがわれる、華やかで濃密な作品世界が展開していきます。八七年に『アマノン国往還記』が第十五回泉鏡花文学賞を受賞。八八年、母が七十九歳で死去。第一部「読者の反応」、第二部「澁澤龍彦の世界」「百閒雑感」が書かれたのはこのころでした。

ところが一九九〇年ごろから、心拍音が耳に響くという原因不明の奇病に悩まされるようになります。九七年には修善寺の山の中に「終（つい）の棲家（すみか）」を建てて移り住みますが、音はいっこうに鳴りやむ気配はありませんでした。第三部「夜　その過去と現在」は当時の苦しみが伝わってくるようなエッセイです。それでも倉橋は、自己をあくまでも「他者」と見なし、冷めたユーモアを交えながら率直に語っています。

どのエッセイでもこの率直さはきわだっていて、それが独自のアイロニーを生みだしています。倉橋のエッセイは、読み手の感情を揺り動かすのではなく、脳細胞に直接刺戟を与えるたぐいのものです。そしてその刺戟を与えるのにもっともふさわしい文体、中村光夫と吉田健一の影響が窺える文体を確立しました。いま読み返してみても、理路整然とした論調と文章の切れ味には驚嘆します。

第一部の最後に収められた「あたりまえのこと」は『あたりまえのこと』（二〇〇一年朝日新聞社）の刊行にあたって書かれた単行本未収録のエッセイです。「遠からず鬼籍に入る前の各方面への御挨拶」として列挙した「長篇に関するルール」を読むと、死を意識した倉橋が創作の秘密を披露したように受け取れますが、理想の小説の姿を伝えるという使命感で書かれたようにも思えます。倉橋は亡くなる間際まで文学者としての姿勢を貫きました。

三十一篇のエッセイを改めて読んで、倉橋由美子はヨーロッパの近代的自我を日本で初めて成熟した形で持ちえた女性作家だという思いを強くしました。「日本文学全集に出てくるような日本の小説は中学と高校で大体読んでいた」（「倉橋由美子自作年譜」）倉橋は、その後大学に入ってフランス文学をはじめとする西洋の文学に浸り、「わたし」の内や外にある「他者」の存在を明確に意識し、物のとらえ方、考え方、コモンセンスに至るまで身の内に取りこみました。その結果、初期作品では、知的で冷静な視点、客観的で論理的な文章、多彩な比喩といった武器を手に、新しい小説を切り拓いていきました。そして古典作品の影響を色濃く受けた後期作品では、研ぎすまされた文章の美しさ、優雅さ、官能性によって比類のない世界を生みだしました。初期と後期で作風が一変したように見えるかもしれませんが、表現の方法を探求する倉橋の文学的姿勢は全作品を通して変わることはありませんでした。

「『綱渡り』と仮面について」で倉橋はこう書いています。「わたしにはエッセイの文体で自己表現することはできません。いや、エッセイの文体で表現できる『わたし』なんか、そもそも存在しないというべきでしょう。存在するなら殺すべきです。わたしにとっては小説だけが表現の方法なのです」

いかにも倉橋らしいシニカルな言い回しですが、今回編まれたエッセイ集からは、多くの小説を生みだした作家・倉橋由美子の強靱な一個の精神のありようがありありと浮かび上がってきます。

――略年譜　倉橋由美子――

一九三五年（昭和十年）
十月十日、高知県香美郡山田町（現・香美市）に生まれる。父・俊郎は歯科医師。
一九五一年（昭和二十六年）　十六歳
四月、土佐高等学校に入学。中学・高校時代に日本の主な小説は大体読んだという。
一九五四年（昭和二十九年）　十九歳
四月、京都女子大学国文学科入学。下宿をはじめる。医師を目指し、大学に籍を置いたまま予備校に通う。
一九五五年（昭和三十年）　二十歳
国公立大学の医学部を受験するが、いずれも失敗。四月、日本女子衛生短期大学別科歯科衛生士コースに入学する。
一九五六年（昭和三十一年）　二十一歳
歯科衛生士国家試験に合格。実家に戻り父親の助手になることを期待されるが、ひそかに受験して四月、明治大学文学部に入学。仏文学専攻。
一九六〇年（昭和三十五年）　二十五歳
一月、「パルタイ」が明治大学学長賞を受賞する。八月、文藝春秋新社より初の小説集『パルタイ』刊行。「パルタイ」は第四十三回芥川賞候補となる。
一九六一年（昭和三十六年）　二十六歳
二月、『パルタイ』で第十二回女流文学者賞を受賞。
一九六二年（昭和三十七年）　二十七歳
二月、父が急逝する。明治大学大学院を中退し、実家に戻る。
一九六三年（昭和三十八年）　二十八歳
四月に「その作家活動に対して」第三回田村俊子賞を受賞する。
一九六四年（昭和三十九年）　二十九歳
十二月、結婚。
一九六五年（昭和四十年）　三十歳
九月、『聖少女』（新潮社）刊行。

一九六六年（昭和四十一年）　三十一歳
六月、フルブライト留学生として渡米、九月にアイオワ州立大学大学院 Creative Writing Course に入学する。
翌年九月に帰国。
一九六八年（昭和四十三年）　三十三歳
五月、長女まどか誕生。
一九七〇年（昭和四十五年）　三十五歳
三月、第一エッセイ集『わたしのなかのかれへ』（講談社）刊行。
一九七一年（昭和四十六年）　三十六歳
三月、次女さやか誕生。
一九七二年（昭和四十七年）　三十七歳
十二月、一家でポルトガルに移住。約一年半暮らす。
一九七五年（昭和五十年）　四十歳
十月より『倉橋由美子全作品』全八巻を新潮社より刊行（〜翌年五月）。
一九八四年（昭和五十九年）　四十九歳
四月、『大人のための残酷童話』（新潮社）を刊行。
一九八七年（昭和六十二年）　五十二歳
十月、前年刊行の『アマノン国往還記』（新潮社）で第十五回泉鏡花文学賞を受賞。
一九九六年（平成八年）　六十一歳
二月に第五エッセイ集『夢幻の宴』（講談社）を刊行。
二〇〇五年（平成十七年）
六月十日、拡張型心筋症により死去。享年六十九。七月、『新訳　星の王子さま』（宝島社）刊行。

＊倉橋由美子「自作年譜」、保昌正夫氏、古屋美登里氏、田中絵美利氏、川島みどり氏作成の年譜を参考にさせていただきました。

本書の底本として左記の単行本、文庫、雑誌を使用しました。ただし旧かな遣いを新かな遣いに変更し、適宜ルビをふりました。また明らかな誤記では、訂正した箇所もあります。なお、本書には今日の社会的規範に照らせば差別的表現ととられかねない箇所がありますが、作品の書かれた時代また著者が故人であることに鑑み、原文のままとしました。

性と文学（講談社文芸文庫『毒薬としての文学　倉橋由美子エッセイ選』一九九九年七月刊）
純小説と通俗小説（講談社文庫『わたしのなかのかれへ　上』一九七三年九月刊）
インセストについて（講談社文庫『わたしのなかのかれへ　下』一九七三年九月刊）
小説の迷路と否定性（『わたしのなかのかれへ　下』）
毒薬としての文学（『毒薬としての文学　倉橋由美子エッセイ選』）
なぜ書くかということ（『わたしのなかのかれへ　下』）
青春について（『わたしのなかのかれへ　下』）
政治の中の死（『わたしのなかのかれへ　上』）
安保時代の青春（『わたしのなかのかれへ　下』）
なぜ小説が書けないか（講談社『磁石のない旅』一九七九年二月刊）
読者の反応（講談社『最後から二番目の毒想』一九八六年四月刊）
あたりまえのこと（朝日新聞社「一冊の本」二〇〇一年十一月号）
『倦怠』について（『わたしのなかのかれへ　上』）
「綱渡り」と仮面について（『わたしのなかのかれへ　上』）

青春の始まりと終り――カミュ『異邦人』とカフカ『審判』――（『わたしのなかのかれへ　下』）
坂口安吾論（『毒薬としての文学　倉橋由美子エッセイ選』）
英雄の死（『毒薬としての文学　倉橋由美子エッセイ選』）
吉田健一氏の文章（『毒薬としての文学　倉橋由美子エッセイ選』）
『日本文学を読む』を読む（『磁石のない旅』）
澁澤龍彦の世界（『毒薬としての文学　倉橋由美子エッセイ選』）
百閒雑感（講談社『夢幻の宴』一九九六年二月刊）
田舎暮し（『毒薬としての文学　倉橋由美子エッセイ選』）
ある破壊的な夢想――性と私――（『わたしのなかのかれへ　上』）
女と鑑賞（『最後から二番目の毒想』）
性は悪への鍵（『毒薬としての文学　倉橋由美子エッセイ選』）
誰でもいい結婚したいとき（『わたしのなかのかれへ　上』）
妖女であること（『わたしのなかのかれへ　上』）
主婦の仕事（『わたしのなかのかれへ　下』）
やさしさについて（講談社文庫『迷路の旅人』一九七五年六月刊）
「自己」を知る（『迷路の旅人』）
夜　その過去と現在（『毒薬としての文学　倉橋由美子エッセイ選』）

単行本『精選女性随筆集　第三巻　倉橋由美子』
二〇一二年四月　文藝春秋刊（文庫化にあたり改題）

装画・本文カット
神坂雪佳・古谷紅麟　編『新美術海』、
神坂雪佳『蝶千種・海路』（芸艸堂）より
本文デザイン　大久保明子
DTP制作　ローヤル企画

文春文庫

精選女性随筆集　倉橋由美子
（せいせんじょせいずいひつしゅう　くらはしゆみこ）

定価はカバーに表示してあります

2024年3月10日　第1刷

著　者　倉橋由美子（くらはしゆみこ）
編　者　小池真理子（こいけまりこ）
発行者　大沼貴之
発行所　株式会社　文藝春秋

東京都千代田区紀尾井町3-23　〒102-8008
TEL　03・3265・1211㈹
文藝春秋ホームページ　http://www.bunshun.co.jp

落丁、乱丁本は、お手数ですが小社製作部宛お送り下さい。送料小社負担でお取替致します。

印刷製本・TOPPAN

Printed in Japan
ISBN978-4-16-792194-1

精選女性随筆集　全十二巻　文春文庫

二〇二三年九月から
毎月一冊刊行予定です

幸田文　川上弘美選
森茉莉　吉屋信子　小池真理子選
向田邦子　小池真理子選
有吉佐和子　岡本かの子　川上弘美選
武田百合子　川上弘美選
宇野千代　大庭みな子　小池真理子選

倉橋由美子　小池真理子選
石井桃子　高峰秀子　川上弘美選
白洲正子　小池真理子選
中里恒子　野上彌生子　小池真理子選
須賀敦子　川上弘美選
石井好子　沢村貞子　川上弘美選

（　）内は解説者。品切の節はご容赦下さい。

水道橋博士
藝人春秋
北野武、松本人志、そのまんま東……今を時めく芸人たちを、博士ならではの鋭く愛情に満ちた目で描き、ベストセラーとなった藝人論。有吉弘行論を文庫版特別収録。（若林正恭）
す-20-1

水道橋博士
藝人春秋2
ハカセより愛をこめて
博士がスパイとして芸能界に潜入し、橋下徹からリリー・フランキー、タモリまで、浮き沈みの激しい世界の怪人奇人18名を濃厚に描く抱腹絶倒ノンフィクション。（ダースレイダー）
す-20-2

先崎　学
うつ病九段
プロ棋士が将棋を失くした一年間
空前の将棋ブームの陰で、その棋士はうつ病と闘っていた。孤独の苦しみ、将棋が指せなくなるという恐怖、復帰への焦り……。発症から回復までを綴った心揺さぶる手記。（佐藤　優）
せ-6-2

田辺聖子
老いてこそ上機嫌
「80だろうが、90だろうが屁とも思っておらぬ」と豪語するお聖さんももうすぐ90歳。２００を超える作品の中から厳選した、短くて面白くて心の奥に響く言葉ばかりを集めました。
た-3-54

立花　隆
死はこわくない
自殺、安楽死、脳死、臨死体験……。長きにわたり、生命の不思議をテーマとして追い続けてきた「知の巨人」が真正面から〈死〉に挑む。がん、心臓手術を乗り越え、到達した境地とは。
た-5-25

田中澄江
花の百名山
春の御前山で出会ったカタクリの大群落。身を伏せて確かめた早池峰の小さなチシマコザクラ――山と花をこよなく愛した著者が綴った珠玉のエッセイ。読売文学賞受賞作。（平尾隆弘）
た-14-5

高峰秀子
わたしの渡世日記（上下）
複雑な家庭環境、義母との確執、映画デビュー、青年・黒澤明との初恋など、波瀾の半生を常に明るく前向きに生きた著者が、ユーモアあふれる筆で綴った傑作自叙エッセイ。（沢木耕太郎）
た-37-2

（　）内は解説者。品切の節はご容赦下さい。

高峰秀子
コットンが好き
飾り棚、手燭、真珠、浴衣、はんこ、腕時計、ダイヤモンド……。これまで共に生きてきた、かけ替えのない道具や小物たちとの思い出を、愛情たっぷりに綴った名エッセイ。待望の復刻版。
た-37-7

高山なおみ
帰ってから、お腹がすいてもいいようにと思ったのだ。
高山なおみが本格的な「料理家」になる途中のサナギのようなころの、落ち着かなさ、不安さえ見え隠れする淡い心持ちを綴ったエッセイ集。なにげない出来事が心を揺るがす。（原田郁子）
た-71-1

高野秀行
辺境メシ
ヤバそうだから食べてみた
カエルの子宮、猿の脳みそ、ゴリラ肉、胎盤餃子……。未知なる「珍食」を求めて、世界を東へ西へ。辺境探検の第一人者である著者が綴った、抱腹絶倒エッセイ！（サラーム海上）
た-105-1

津村節子
果てなき便り
「節子、僕の許を離れるな！」便箋から浮かび上がる夫・吉村昭の決意、孤独、希望、愛。出会った若き日から亡くなるまで交わした書簡で辿る、夫婦作家慈しみの軌跡。（梯　久美子）
つ-3-15

土屋賢二
われ笑う、ゆえにわれあり
愛ってなんぼのものか？　あなたも禁煙をやめられる、老化の楽しみ方、超好意的女性論序説などなど、人間について世界について徹底的に考察したお笑い哲学エッセイ。（柴門ふみ）
つ-11-1

土屋賢二
無理難題が多すぎる
何気ない日常にも哲学のヒントは隠れている。「妻になる！」と決心したり、「老人の生きる道」を模索したり、野球解説を考察したり――笑い溢れるエッセイ集。（西澤順一）
つ-11-23

中野孝次
ハラスのいた日々
増補版
一匹の柴犬を〟もうひとりの家族〟として、惜しみなく愛を注ぐ夫婦がいた。愛することの尊さと生きる歓びを、小さな生きものに教えられる、新田次郎文学賞に輝く感動の愛犬物語。
な-21-1

（　）内は解説者。品切の節はご容赦下さい。

中野孝次
清貧の思想
日本はこれでいいのか？　豊かさの内実も問わず、経済第一とばかりひた走る日本人を立ち止まらせ、共感させた平成のベストセラー。富よりも価値の高いものとは何か？　（内橋克人）
な-21-3

中野　翠
あのころ、早稲田で
私の人生の中で最も思い出したくない日々だった。懐かしくも恥多き青春。早大闘争、社研……あの時代の空気が鮮やかに蘇る。同じ部室仲間の呉智英さんとの文庫化記念爆笑対談も必読。
な-27-14

中野　翠
ほいきた、トシヨリ生活
「おひとりさま」歴40年以上、いつもオシャレな人気コラムニストに学ぶ「人生の放課後」の愉しみ方。映画コラムでも知られる中野さんおススメの老人映画は必読必見！　（玉川奈々福）
な-27-15

中野京子
運命の絵
命懸けの恋や英雄の葛藤を描いた絵画、画家の人生を変えた一枚……。「運命」をキーワードに名画の奥に潜む画家の息吹と人間ドラマに迫る。絵画は全てカラーで掲載。　（竹下美佐）
な-58-8

中野京子
そして、すべては迷宮へ
『怖い絵』や『名画の謎』で絵画鑑賞に新たな視点を提示した著者は、芸術を、人を、どのように洞察するのか？　美しい絵画31点とともに綴る、ユーモアと刺激にあふれるエッセー集。
な-58-9

中川李枝子　絵・山脇百合子
本・子ども・絵本
「本は子どもに人生への希望と自信を与える」と信じる著者が絵本や児童書を紹介し、子どもへの向き合い方等アドヴァイスを綴る。『ぐりとぐら』の作者が贈る名エッセイ。　（小川洋子）
な-80-1

七崎良輔
僕が夫に出会うまで
幼い頃から「普通じゃない」と言われ、苦しみ続けた良輔。片思いと嫉妬と失恋に傷つきながら、巡り会えたパートナーと幸せを摑むまでを描く愛と青春の自伝エッセイ。　（ホラン千秋）
な-83-1

（　）内は解説者。品切の節はご容赦下さい。

中川翔子
「死ぬんじゃねーぞ!!」
いじめられている君はゼッタイ悪くない

中学高校といじめられ「死にたい夜」を過ごした中川翔子が傷つき悩む十代のために叫ぶ魂のエール。文庫化に際し、単行本刊行後に中川さんが考えたことを綴った一章を追加。

な-85-1

西　加奈子
ごはんぐるり

カイロの卵かけごはんの記憶、「アメちゃん選び」は大阪の遺伝子、ひとり寿司へ挑戦、夢は男子校寮母…幸せな食オンチの美味しオカしい食エッセイ。竹花いち子氏との対談収録。

に-22-4

能町みね子
オカマだけどOLやってます。完全版

実はまだ、チン子がついてる私の「どきどきスローOLライフ」。オトコ時代のこと、恋愛のお話、OLはじめて物語など、大人気イラストエッセイシリーズの完全版。（宮沢章夫）

の-16-1

林　真理子
マリコ、カンレキ！

ドルガバの赤い革ジャンに身を包み、ド派手でゴージャスな還暦パーティーを開いた。これからも思いきりちゃらいおばちゃんを目指すことを決意する。痛快パワフルエッセイ第28弾。

は-3-50

林　真理子
運命はこうして変えなさい
賢女の極意１２０

恋愛、結婚、男、家族、老後……作家生活30年の中から生まれた金言格言たち。人生との上手なつき合い方がわかる、ときめく言葉の数々は、まさに「運命を変える言葉」なのです！

は-3-52

半藤一利
漱石先生ぞな、もし

『坊っちゃん』『三四郎』『吾輩は猫である』……誰しも読んだことのある名作から、数多の知られざるエピソードを発掘。斬新かつユーモラスな発想で、文豪の素顔に迫ったエッセイ集。

は-8-4

林　望
イギリスはおいしい

まずいハズのイギリスは美味であった!?　嘘だと思うならご覧あれ——イギリス料理を語りつつ、イギリス文化の香りも味わえる日本エッセイスト・クラブ賞受賞作。文庫版新レセピ付き。

は-14-2

（　）内は解説者。品切の節はご容赦下さい。

畠山重篤
森は海の恋人
ダム開発と森林破壊で沿岸の海の荒廃が急速に進んだ一九八〇年代、おいしい牡蠣を育てるために一人の漁民が山に木を植え始めた。森と海の真のつながりを知る感動の書。（川勝平太）
は-24-2

葉室　麟
随筆集
柚子は九年で
西日本新聞掲載の文章を中心とした著者初の随筆集。墓場鬼太郎、如水、るしへる、身余堂、散椿、龍馬伝、三島事件、志在千里など、とりどりのテーマに加え、短編「夏芝居」を収録。

は-36-5

葉室　麟
河のほとりで
小説のみならず、エッセイにも定評のある著者の文庫オリジナルエッセイ集。西日本新聞の「河のほとりで」を中心に、文庫解説やその時々の小説の書評も含まれた掌編集です。

は-36-9

平松洋子
下着の捨てどき
夜中につまみ食いする牛すじ煮込みの背徳感。眉の毛一本の塩梅。すごく着たいのに似合わない服……誰の身にもおとずれる人生後半、ゆらぎがちな心身にあたたかく寄り添うエッセイ集。

ひ-20-12

平松洋子　画・下田昌克
いわしバターを自分で
緊急事態宣言!?　でも喜びは手放さない。ふきのとうの春巻き、山椒の実の牛すじ煮込み、極道すきやき。「クッキングパパ」も唸ったオリジナル「パセリカレー」も登場！（石戸　諭）
ひ-20-13

平野紗季子
生まれた時からアルデンテ
すべての幸福は食から始まる。世界一のレストランの殺気に満ちた食事からロイヤルホストの観察記まで、愛と希望と欲に満ちたミレニアル世代の傑作味覚エッセイ。（三浦哲哉）
ひ-31-1

藤沢周平
帰省
創作秘話、故郷への想い、日々の暮らし、「作家」という人種について――没後十一年を経て編まれた書に、新たに発見された八篇を追加。藤沢周平の真髄に迫りうる最後のエッセイ集。

ふ-1-50

（　）内は解説者。品切の節はご容赦下さい。

遠藤展子
藤沢周平　父の周辺
「オバQ音頭」に誘われていった夏の盆踊り、公園でブランコを押してもらった思い出……「この父の娘に生まれてよかった」という愛娘が、作家・藤沢周平と暮した日々を綴る。（杉本章子）
ふ-1-91

遠藤展子
藤沢周平　遺された手帳
娘の誕生、先妻の死、鬱屈を抱えながら小説に向き合う日々——「藤沢周平」になる迄の足跡を、遺された手帳から愛娘が読み解く。文庫化に際し貴重な写真を数枚追加。（後藤正治）
ふ-1-97

福岡伸一
ルリボシカミキリの青
福岡ハカセができるまで
花粉症は「非寛容」、コラーゲンは「気のせい食品」？　生物学者・福岡ハカセが最先端の生命科学から教育論まで明晰、軽妙に語る。意外な気づきが満載のエッセイ集。（阿川佐和子）
ふ-33-1

福岡伸一
生命と記憶のパラドクス
福岡ハカセ、66の小さな発見
〝記憶〟とは一体、何なのか。働きバチは不幸か。進化に目的はないのか。福岡ハカセが明かす生命の神秘に、好奇心を心地よく刺激される「週刊文春」人気連載第二弾。（劇団ひとり）
ふ-33-2

福岡伸一
ツチハンミョウのギャンブル
NYから東京に戻った福岡ハカセ。二都市を往来しつつ、変わり続ける世の営みを観察する。身近なサイエンスからカズオ・イシグロと食べたお寿司まで、大胆なる仮説・珍説ここにあり！
ふ-33-5

藤崎彩織
読書間奏文
作家として、「SEKAI NO OWARI」のメンバーとして活躍する著者が、これまで出会った大切な本を通して、自身の人生のターニングポイントとなった瞬間を瑞々しい筆致で綴った初エッセイ。
ふ-46-2

穂村　弘
にょっ記
俗世間をイノセントに旅する歌人・穂村弘が形而下から形而上まで言葉を往還させつつ綴った『現実日記』。フジモトマサルのひとこまマンガ、長嶋有・名久井直子の「偽ょっ記」収録。
ほ-13-1

（　）内は解説者。品切の節はご容赦下さい。

穂村 弘
にょにょっ記

奈良の鹿を見習って、他の県でも一種類ずつ動物を放し飼いにしたらどうだろう？　歌人・穂村弘の不思議でファニーな世界へようこそ。フジモトマサルのイラストも満載。（西　加奈子）

ほ-13-2

穂村 弘・フジモトマサル
にょにょにょっ記

妄想と詩想の間を往来する穂村弘の文章とフジモトマサルのシュールなイラストの奇跡のコラボ。気がつくとあなたは日常の裏側を散歩中。単行本未収録分も増補したシリーズ最終巻。

ほ-13-3

穂村 弘
君がいない夜のごはん

料理ができず味音痴……という穂村さんが日常の中に見出した「かっこいいおにぎり」や「逆ソムリエ」。独特の感性で綴る「食べ物」に関する58編は噴き出し注意！（本上まなみ）

ほ-13-4

星野 源
そして生活はつづく

どんな人でも、死なないかぎり、生活はつづくのだ。ならば、つまらない日常をおもしろがろう！　音楽家で俳優の星野源、初めてのエッセイ集。俳優・きたろうとの特別対談を収録。

ほ-17-1

星野 源
働く男

働きすぎのあなたへ。働かなさすぎのあなたへ。音楽家、俳優、文筆家の星野源が、過剰に働いていた時期の自らの仕事を解説した一冊。ピース又吉直樹との「働く男」同士対談を特別収録。

ほ-17-2

星野 源
よみがえる変態

やりたかったことが仕事になる中、突然の病に襲われた。まだ死ねない。これから飛び上がるほど嬉しいことが起こるはずなんだ。死の淵から蘇った3年間をエロも哲学も垣根なしに綴る。

ほ-17-3

堀江貴文
刑務所なう。完全版

長野刑務所に収監されたホリエモン。鬱々とした独房生活の中でも仕事を忘れず、刑務所メシ（意外とウマい）でスリムな体をゲット！　単行本二冊分の日記を一冊に。実録マンガ付き。

ほ-20-1

（　）内は解説者。品切の節はご容赦下さい。

刑務所わず。
塀の中では言えないホントの話
堀江貴文

「ほんのちょっと人生の歯車が狂うだけで入ってしまうような所」これが刑務所生活を経た著者の実感。塀の中を鋭く切り取るシリーズ完結篇。検閲なし、全部暴露します！（村木厚子）

ほ-20-2

ザ・万歩計
万城目（まきめ）学

大阪で阿呆の薫陶を受け、作家を目指して東京へ。『鴨川ホルモー』で無職を脱するも、滑舌最悪のラジオに執筆を阻まれ、謎の名曲を夢想したりの作家生活。思わず吹き出す奇才のエッセイ。

ま-24-1

ザ・万字固め
万城目　学

熱き瓢簞愛、ブラジルW杯観戦記、敬愛する車谷長吉追悼、東京電力株主総会リポートなど奇才作家の縦横無尽な魅力満載のエッセイ集。綿矢りさ、森見登美彦両氏との特別鼎談も収録。

ま-24-4

べらぼうくん
万城目　学

居心地よい京都を抜け、就職後も小説家を目指し無職に。浪人時代からデビューまでの、うまくいかない日々を軽妙に綴る。万城目ワールド誕生前夜、極上の青春記。（浅倉秋成）

ま-24-7

行動学入門
三島由紀夫

行動は肉体の芸術である。にもかかわらず行動を忘れ、弁舌だけが横行する風潮を憂えて、男としての爽快な生き方のモデルを示したエッセイ集。死の直前に刊行された。（虫明亜呂無）

み-4-1

若きサムライのために
三島由紀夫

青春について、信義について、肉体について……わかりやすく、そして挑発的に語る三島の肉声。死後三十余年を経ていよいよ新鮮！　若者よ、さあ奮い立て！（福田和也）

み-4-2

されど人生エロエロ
みうらじゅん

ある時はイメクラで社長プレイに挑戦し、ある時は「ゆるキャラの中の人」とハッピを着た付添人の不倫関係を妄想し……。「週刊文春」の人気連載、文庫化第2弾！（対談・酒井順子）

み-23-5

（　）内は解説者。品切の節はご容赦下さい。

みうらじゅん
ひみつのダイアリー
昭和の甘酸っぱい思い出から自らの老いやVRに驚く令和の最新エロ事情まで。「週刊文春」人気連載を文庫オリジナルで一気に百本大放出。有働由美子さんとの対談も収録。
み-23-8

向田邦子
女の人差し指
脚本家デビューのきっかけを綴った話、妹と営んだ「ままや」の開店模様、世界各地の旅の想い出、急逝により絶筆となった「週刊文春」最後の連載などをまとめた傑作エッセイ集。（北川　信）
む-1-23

向田邦子
霊長類ヒト科動物図鑑
「到らぬ人間の到らぬドラマが好きだった」という著者が、電話口で突如様変わりする女の声変わりなど、すぐれた人間観察で人々の素顔を捉えた、傑作揃いのエッセイ集。（吉田篤弘）
む-1-26

向田邦子
無名仮名人名簿
世の中は「無名」の人々がおもしろい。日常の中で普通の人々が覗かせた意外な一面を、鋭くも温かい観察眼とユーモアで綴る。笑いながら涙する不朽の名エッセイ集。（篠﨑絵里子）
む-1-27

群　ようこ
よれよれ肉体百科
身体は段々と意のままにならなくなってくる。更年期になって味覚が鈍っても、自然に受け入れてアンチエイジングにアンチでいよう！　身体各部56カ所についての抱腹絶倒エッセイ。
む-4-15

群　ようこ
ネコの住所録
幼い頃から生き物と共に暮らしてきた著者。噂話をする度に耳をそばだてる婆さん猫など、鋭い観察眼で彼らのしたたかさを見抜くが、そこには深い愛情があった。抱腹絶倒のエッセイ。
む-4-16

村上春樹
意味がなければスイングはない
待望の、著者初の本格的音楽エッセイ。シューベルトのピアノ・ソナタからジャズの巨星にJポップまで、磨き抜かれた達意の文章で、しかもあふれるばかりの愛情をもって語り尽くされる。
む-5-9

（　）内は解説者。品切の節はご容赦下さい。

村上春樹
走ることについて語るときに僕の語ること
八二年に専業作家になったとき、心を決めて路上を走り始めた。走ることは彼の生き方・小説をどのように変えてきたか？　村上春樹が自身について真正面から綴った必読のメモワール。
む-5-10

村上春樹
ラオスにいったい何があるというんですか？　紀行文集
ボストンの小径とボールパーク、アイスランドの自然、フィンランドの不思議なバー、ラオスの早朝の僧侶たち、そして熊本の町と人びと——旅の魅力を描き尽くす、待望の紀行文集。
む-5-15

村上春樹　絵・高　妍
猫を棄てる　父親について語るとき
ある夏の午後、僕は父と一緒に自転車に乗り、猫を海岸に棄てに行った——語られることのなかった父の記憶・体験を引き継ぎ、辿り、自らのルーツを綴った話題のノンフィクション。
む-5-16

村田沙耶香
きれいなシワの作り方　淑女の思春期病
初めての皺に白髪、通販の誘惑、自意識過剰とSNS、迫る「産むか産まないか」問題、最後のセックス考……これが大人の「思春期」？　悩み多きアラサー芥川賞作家の赤裸々エッセイ。
む-16-2

もちぎ
あたいと他の愛
物心ついた頃からゲイのあたい。父は自殺、母は毒親、生き抜くための売春……。初恋の先生や友達や姉の優しさと愛と勇気によって支えられてきた。苛烈な母との再会エピソードも収録。
も-34-1

森岡督行
800日間銀座一周
あんぱんを買い、一杯の酒を飲み、一着のスーツを作る。「一冊の本を売る」コンセプトで人気の森岡書店代表が、銀座の街を現在から過去、そして未来へと旅をする、写真&エッセイ集。
も-35-1

山川静夫
私の「紅白歌合戦」物語
令和元年暮れに七十回目を迎えた紅白歌合戦。昭和四十九年より九年連続で白組司会を務めた元NHKアナウンサーだから書ける舞台の裏側。誌上での再現放送や、当時の日記も公開。
や-13-6

（　）内は解説者。品切の節はご容赦下さい。

山崎ナオコーラ
文豪お墓まいり記
谷崎潤一郎、永井荷風、太宰治に森茉莉…互いに交流する文豪たち。26人の人生を思いつつ、現代の人気作家がお墓まいり！　食事処案内やお墓の地図ありの楽しいガイド。
や-51-3

山内マリコ
買い物とわたし
お伊勢丹より愛をこめて
週刊文春の人気連載「お伊勢丹より愛をこめて」が書き下ろしを加えて一冊に。蚤の市で買ったお皿からハイブランドのバッグまで、カラーイラスト満載で紹介するお買い物エッセイ。
や-62-1

米原万里・佐藤　優 編
偉くない「私」が一番自由
佐藤優が選ぶ、よりぬき米原万里。メインディッシュは初公開の東京外語大学卒業論文。単行本未収録作品も含む傑作エッセイを佐藤シェフの解説付きで紹介する。文庫オリジナル。
よ-21-7

和田　誠
銀座界隈ドキドキの日々
銀座が街の王様で、僕はデザイナー一年生だった！　憧れのデザイン業界の修業時代を文章と懐かしいデザインで綴った六〇年代グラフィティ。講談社エッセイ賞受賞。（井上ひさし）
わ-2-4

若松英輔
悲しみの秘義
暗闇の中にいる人へ——宮澤賢治や神谷美恵子、プラトンらの悲しみや離別、孤独についての言葉を読み解き、深い癒しと示唆で日経新聞連載時から反響を呼んだ26編。（俵　万智）
わ-24-1

若林正恭
表参道のセレブ犬とカバーニャ要塞の野良犬
「別のシステムで生きる人々を見たい」。多忙な著者は5日間の夏休み、一人キューバに旅立った。特別書下ろし3編「モンゴル」「アイスランド」「コロナ後の東京」収録。（DJ松永）
わ-25-1

若林正恭
ナナメの夕暮れ
世界を疑い続ける面倒な性格を持て余していた著者は、いかにして立派なおじさんになったのか。自分探しは、これにて完全終了！　書き下ろし「明日のナナメの夕暮れ」収録。（朝井リョウ）
わ-25-2